10|18
12, avenue d'Italie — Paris XIIIe

Dans la collection 10/18

HERON CARVIC
Miss Seeton entre en scène, n° 2805
Miss Seeton persiste et signe, n° 2806
Miss Seeton jette un sort, n° 2847
Miss Seeton fait des vocalises, n° 2915
Miss Seeton joue et gagne, n° 2937

MISS SEETON PREND L'AVANTAGE

PAR

HAMPTON CHARLES

Traduit de l'anglais
par Katia HOLMES

10|18

INÉDIT

« *Grands Détectives* »
dirigé par Jean-Claude Zylberstein

Titre original :
Avantage, Miss Seeton

ISBN 2-264-02795-9

Note de l'éditeur

Que peut faire un acteur anglais qui, après avoir interprété le rôle d'Hortensio dans *La Mégère apprivoisée* et celui de Fest dans *La Nuit des rois*, s'est spécialisé dans la comédie policière, d'abord au théâtre puis à la radio, lorsque sonne l'âge de la retraite ? Lorsqu'il s'agit d'Heron Carvic, il invente Miss Seeton. Et que faire lorsqu'il décède en laissant derrière lui, après cinq aventures, une héroïne excentrique et déjà célèbre qui ne demande qu'à vivre ? Eh bien, reprendre le flambeau comme on dit (sans trop savoir pourquoi). C'est ce qu'ont fait Hampton Charles d'abord, le temps de trois romans, puis Hamilton Crane avec un succès croissant et une belle longévité, puisque ce ne sont pas moins de douze épisodes à ce jour des aventures de l'inoxydable vieille fille au parapluie qui attendent encore d'être traduits dans cette collection. On le voit, nous n'en avons pas terminé avec Miss Seeton. Pour la plus grande joie de son éditeur et surtout de ses nombreux lecteurs.

À Melinda Metz,
et aux mânes de Heron Carvic,
avec un clin d'œil et un respectueux salut

CHAPITRE PREMIER

— Arrête ça ! couina Thrudd Banner à l'adresse de sa compagne qui lui labourait les côtes du coude. Si tu me fais lâcher cet objectif, je te jure que je t'envoie la note pour en racheter un. Je suis free-lance, tu te souviens, non ? Et c'est moi qui finance mon propre matos ! lança-t-il, si énervé qu'il dut s'y reprendre à deux fois pour ajuster le téléobjectif sur l'appareil photo.

Loin de s'excuser, Amelita Forby, du *Daily Negative*, persista et signa :

— Fais un peu attention quand je te file un petit coup pour t'avertir, mon vieux, sinon je réserverai ça à quelqu'un de plus réceptif. Regarde donc un peu par ici : qu'est-ce que tu vois, hein ?

De l'index droit, elle esquissa un signe à peine perceptible mais suffisamment clair pour Thrudd qui jeta un œil dans la direction indiquée, survolant la scène du regard, une seconde ou deux. Après quoi il s'immobilisa sur son siège tandis qu'un sourire remplaçait peu à peu son air courroucé.

— Bon, je vais me poster au bas de notre escalier, finit-il par murmurer. Miss Emily D. Seeton, ça alors ! Mais que diable peut-elle bien faire ici, à ton avis ? Et les autres ? Une espèce de sortie paroissiale, non ?

Voilà le pasteur, je vois ça à son petit col de clergyman.

Mel le gratifia d'une parfaite imitation de sourire adorateur et battit des cils :

— Bon sang, t'es vraiment génial, toi ! Ce qui m'épate, c'est la manière dont tu sautes sur le moindre indice, le détail pratiquement imperceptible ! Nom d'un chien, il faut se lever tôt pour berner Scoop Banner, le journaleux qui a des rayons X à la place des yeux.

— La ferme ! protesta Thrudd d'un ton enjoué. J'crois pas qu'ils nous aient repérés, avec tous les curieux qui se pressent ici. On va la saluer, ou quoi ?

— Pas encore, fit-elle et, le prenant fermement par le bras, Mel l'entraîna à l'écart, derrière un arbre qui se trouvait là fort opportunément. J'ai une meilleure idée : ils se dirigent vers les tribunes qui ont été rajoutées provisoirement. Alors nous, dans une minute, on passe par-derrière pour aller se poster sous l'échafaudage. Parce que c'est de là qu'on va les épier. Je sens que je tiens une jolie petite tranche de vie pour le numéro de samedi. Dans le style de ce papier que j'ai fait le mois dernier — et qui a beaucoup plu — sur la petite noblesse de province qui monte à Londres pour le *Chelsea Flower Show*. Comme ça, j'aurai de quoi l'agrémenter de dialogues authentiques.

Thrudd fit la grimace :

— Pas sûr que ce soit très correct, Mel. Ces gens-là sont plutôt des amis pour toi et puis, euh, il pourrait s'agir de conversations privées...

— Privées, mon œil ! On ne vient pas s'asseoir au beau milieu d'une foule et regarder deux joueuses de tennis de premier plan pour tenir des conversations privées. Des inepties polies, voilà ce que je cherche, et je te garantis qu'il n'y aura pas autre chose en magasin.

En tant que berger du petit troupeau venu de Plummergen, dans le Kent, Nigel Colveden prenait ses responsabilités au sérieux — du moins autant que le permettait l'euphorie totale dans laquelle il baignait. Cela revenait pratiquement à se retourner de temps en temps, l'air béat, pour s'assurer que le révérend Arthur Treeves, Miss Molly Treeves et Miss Emily Seeton le suivaient bien vers les tribunes qu'on avait rajoutées autour du court de tennis numéro un, afin d'y loger autant de spectateurs que possible. L'après-midi était superbe et, s'il faisait trop chaud dans les rues de Londres, poussiéreuses et remplies de gaz d'échappement, les verts espaces du *Hurlingham Club* offraient un véritable coin de campagne à la ville — *rus in urbe,* comme avait si justement observé le pasteur.

Si le spectacle de matches de tennis disputés par les meilleurs joueurs de niveau international avait certes attiré une foule considérable, il était loin d'occuper le premier rang des préoccupations des quatre visiteurs de Plummergen. Nigel lui-même ne s'intéressait guère au jeu mais il était amoureux fou de la jeune vedette montante du tennis anglais, Trish Thumper, qui devait disputer un simple à quatorze heures trente avec son adversaire américaine, la formidable Nancy Wiesendonck.

Nigel avait découvert la nature de ses sentiments un jeudi après-midi de la semaine précédente, à quatorze heures cinquante-trois, la première fois qu'il avait vu Trish. Jeune, chevaleresque et naïf, il attribuait sa présente euphorie à la délicieuse certitude que ses yeux allaient de nouveau pouvoir se poser sur sa bien-aimée. Une pensée nettement moins éthérée sommeillait cependant au plus profond de son subsconscient : Trish porterait aujourd'hui une jupette de tennis si courte qu'elle permettrait de fréquents coups d'œil sur ses dessous — une petite culotte à volants, qui sait ?...

Miss Molly Treeves récapitulait mentalement les arguments de Mrs. Skinners ce matin-là, quand celle-ci avait prétendu que c'était le tour de Mrs. Henderson de s'occuper de fleurir l'église[1] pour l'office du dimanche, dans trois semaines. Elle repensa avec plaisir à la manière dont elle avait, elle, prestement démoli le point de vue de Mrs. Skinners. Seule petite ombre au tableau de sa satisfaction, un doute la rongeait : s'était-elle oui ou non souvenue de débrancher le fer électrique avant de quitter le presbytère ?

Son frère, quant à lui, ayant versé son écot de pensées au sujet du charme des pelouses et des agréments dont le *Hurlingham Club* réjouissait ses membres et leurs invités, s'était retiré dans ses méditations, songeant à l'hérésie pélagienne, sa préférée. Mr. Treeves pensait pouvoir trouver un arrangement entre sa conscience et le pélagianisme, mais doutait que sa situation lui permît de devenir un hérétique, au sens technique du terme.

Comme l'avait récemment souligné l'entreprenant évêque suffragant de Greenwich, et pas pour la première fois, un pasteur ordonné reste à jamais membre du Saint Ordre, quel que soit son état d'esprit. L'argument n'avait guère convaincu Mr. Treeves qui avait pris conscience de l'étendue de ses doutes en s'éveillant, un beau matin, quelques années plus tôt : le problème n'était pas tant qu'il n'eût pas foi dans tel ou tel des Trente-Neuf Articles, mais plutôt qu'il ne crût pas un mot de tout le saint-frusquin du chris-

1. Les lieux de culte de l'Église anglicane, religion d'État de l'Angleterre, sont des églises, le terme de « temple » désignant plutôt les édifices réservés aux offices des différents cultes protestants. (*N.d.T.*)

tianisme. Ce qui le déroutait, c'est que personne, à part lui, ne semblait s'en préoccuper. L'évêque n'avait guère l'air de s'en soucier, les paroissiens de Plummergen n'avaient rien remarqué, apparemment, et Molly, à qui il s'en était un jour timidement ouvert, s'était contentée d'émettre un bruit désapprobateur, de lui dire de se ressaisir et d'aller plutôt lui chercher un bocal de reines-claudes à l'office.

Les pensées de Miss Seeton volaient nettement moins haut que celles de ses compagnons. Elle n'était pas amoureuse, c'est bien certain. Il y avait eu des moments, dans son jeune temps, où Cupidon avait visé son cœur, et elle chérissait quelques tendres souvenirs intimes qu'elle exhumait de temps à autre de sa mémoire pour les évoquer, avec tout l'amour qu'on met à épousseter et à faire reluire un bel objet cher. Si elle était donc à même de comprendre les peines de cœur des autres et d'y compatir, il y avait des années qu'elle n'avait pas elle-même essuyé la tempête des sentiments.

Elle n'était pas non plus en proie au doute religieux. S'il arrivait à Miss Seeton de prendre part aux rites et cérémonies de l'Église anglicane, c'était pour elle une simple affaire de bonnes manières, qui ne suscitait pas plus d'interrogations intellectuelles que de crises de conscience. À la différence de Mrs. Skinners, elle ne savait pas quand c'était son tour de fleurir l'église et ne s'en souciait guère, s'acquittant simplement de la tâche quand Miss Treeves le lui demandait.

Enfin, et ce grâce à Mrs. Martha Bloomer qui faisait le ménage chez elle de si magistrale façon, Miss Seeton n'avait jamais à se demander si elle avait par inadvertance laissé le four ou le fer branchés. La question qui occupait l'esprit de Miss Seeton, tandis qu'elle se dirigeait vers le siège indiqué par Nigel Colveden, était la suivante : pourquoi Miss Forby et Mr. Banner, des amis qu'elle appréciait, et des alliés pleins de ressource, s'étaient-ils éclipsés pour aller se cacher derrière un arbre, d'une manière qu'on ne pouvait qualifier que de subreptice ? Miss Seeton souriait sereinement en pesant différentes explications possibles à cette conduite bizarre.

Mr. Banner et Miss Forby étaient naturellement des gens affairés et importants, qui avaient sans doute l'un et l'autre des raisons professionnelles de se trouver au *Hurlingham Club* : Mr. Banner pour s'intéresser aux étrangers et Miss Forby, peut-être pour interviewer l'un des célèbres joueurs participant au match-exhibition ce jour-là. Peut-être étaient-ils si pressés qu'ils n'avaient pas une minute pour venir bavarder et avaient décidé qu'il serait plus poli de faire semblant de ne pas l'avoir vue.

Oui, c'était ça, le plus plausible. Nigel avait expliqué dans le train qu'ils avaient pris à Brettenden (où lady Colveden les avait si gentiment conduits depuis Plummergen) que Nancy Wiesendonck et son adversaire anglaise suscitaient un vif intérêt dans la presse, comme vraisemblablement les autres joueuses qui devaient participer au tournoi de Wimbledon, un peu plus tard, ce mois-là.

Ce cher Nigel — un garçon si émotif ! — n'avait pratiquement fait que parler de Trish Thumper. Il ignorait si son adversaire devait son patronyme inhabituel à une parenté quelconque avec la Mathilde Wesendonck qui avait été la... euh, l'amie de Richard Wagner. Miss Thumper était de toute évidence une charmante jeune fille pleine d'énergie, bien que ses parents n'eussent apparemment ni l'un ni l'autre reçu la grâce d'une bonne constitution. Il est vrai que le climat qui règne à l'Old Bailey[1] n'est pas des plus propices à la santé ; sir Wilfred devait y ramasser toutes sortes d'infections mineures qu'il repassait à sa femme.

M. le juge Thumper. Cela tombait mal d'avoir un nom pareil[2]... Mon dieu, qu'on peut être bête quand on est gosse ! Elle qui était allée s'imaginer que tous les juges de haut rang avaient par hasard été baptisés de l'inspirant prénom de *Justice*[3], un peu comme les petites filles des générations précédentes qu'on appelait *Mercy* (pitié) et *Charity*. Un jeune garçon prénommé *Justice* grandirait peut-être avec l'idée de faire son droit, au lieu de vouloir devenir conducteur ou pompier. Enfin, il faut avouer qu'il y avait tant de choses qui lui avaient paru déroutantes quand elle était petite : elle s'était longtemps demandé en toute innocence pourquoi il y avait tant de journalistes impliqués dans des procédures de divorce, puisque les journaux parlaient de *corespondents*[4] pour désigner les hommes coupables de mauvaise conduite.

— Excusez-moi, monsieur le pasteur, je rêvassais, et je n'ai pas bien saisi ce que vous disiez...

Mr. Treeves, assis à la droite de Miss Seeton, lui sourit, ravi : c'était réconfortant de se découvrir une âme sœur en rêverie, pour lui qui était si souvent obligé de s'excuser auprès de sa propre sœur :

— C'est plutôt moi qui devrais m'excuser de vous avoir dérangée. Je voulais simplement vous signaler que sir Wilfred et lady Thumper viennent d'arriver. Ils sont installés à deux, non, à trois rangs plus bas

---

1. Le palais de justice de Londres. (*N.d.T.*)
2. *Thumper* signifie « cogneur ». (*N.d.T.*)
3. Mr. Justice est le titre équivalent à M. le juge. (*N.d.T.*)
4. Jeu de mots sur le terme légal *corespondent* qui désigne le complice d'une femme adultère dans la loi anglaise (son codéfendeur dans une procédure de divorce engagée contre elle) et un *correspondant* de presse. (*N.d.T.*)

que nous, là, sur la gauche. C'était vraiment gentil de la part des Colveden de nous inviter à prendre le thé pour faire leur connaissance, la semaine dernière. Sans parler de leur charmante et talentueuse fille, Patricia, qui nous a si généreusement offert des billets pour le match d'aujourd'hui. Je suppose que nous devrions utiliser son nom de professionnelle en parlant d'elle, quoique je préfère me demander encore si cela trouve grâce aux yeux de sir Wilfred, remarqua le pasteur en soupirant d'aise. Il est rare de rencontrer un homme qui ait des principes aussi, euh, aussi fermes.

— En effet. On sent bien qu'il aime son travail.

— Et sir George et lui sont amis d'enfance, paraît-il. Des camarades d'école qui se sont distingués l'un et l'autre, chacun dans sa profession. En fait, j'ai glané dans la conversation que le juge était le cadet des deux — de trois ou quatre ans — et qu'il avait dû accomplir différentes tâches domestiques pour son aîné[1], telles que lui griller ses tartines, lui cirer ses chaussures et ainsi de suite.

Sur quoi Miss Seeton réagit de manière inattendue :

— Larbin ! s'écria-t-elle à haute et intelligible voix, au moment où Mel Forby et Thrudd Banner arrivaient justement au-dessous de son siège. Voilà le mot que je cherchais ! Imaginez-vous l'inflexible et digne juge Thumper, en larbin, monsieur le pasteur ? On a peine à le croire, non ?

— Cela exige un effort d'imagination considérable,

1. Dans la tradition des *public schools*, les cadets sont obligés de rendre des services à leurs aînés qui en profitent souvent pour exploiter ces petits, surnommés « *fags* », au sens de « larbins ». Mais ce terme argotique signifie aussi « tapette », d'où le quiproquo qui va s'installer, les uns disant « larbins », les autres comprenant « tapettes ». (*N.d.T.*)

certes ! Mais je vous assure que je le tiens de la bouche même de sir George...

Le reste des propos de Mr. Treeves se perdit dans le tonnerre d'applaudissements qui saluait l'entrée des joueuses sur le court. Mel et Thrudd restèrent bouche bée et se regardèrent quelques secondes sans mot dire, interloqués. Puis ils se faufilèrent hors du dédale de l'échafaudage. Thrudd fut le premier à recouvrer l'usage de la parole :

— Tu as bien entendu ce que j'ai entendu ? Miss S et le pasteur s'accordant à dire que le paternel de Trish Thumper est une tapette ?

— C'est bien ce que j'ai entendu, confirma sa compagne.

Amelita Forby (Amelia, de son nom de baptême) était native de Liverpool et fille du peuple. Si elle en avait appris long sur les mœurs des classes supérieures depuis qu'elle était journaliste de mode et, ces dernières années, éditorialiste vedette du *Daily Negative*, elle était cependant trop jeune pour avoir entendu parler du *fagging system*, l'ancien système de « larbinage » qui prévalait jadis dans la plupart des pensions anglaises.

Idem pour Thrudd Banner pour qui le mot *fag* n'avait qu'un seul sens : tapette. Ou plutôt deux, parce qu'il se souvenait que son père l'utilisait pour désigner une cigarette bon marché[1].

— Juste ciel ! Qu'est-ce que tu disais tout à l'heure, à propos d'« inepties polies » ? Ce coup-là, mon cœur, tu peux dire adieu à ce fragment de conversation pour ton édito ! Le vieux Thumper est la plus célèbre brute de tous les hommes de robe.

Ce qui était vrai : jusqu'à l'abolition de la peine

1. *Fag* est très employé en argot usuel pour dire « clope, sèche ». (*N.d.T.*)

capitale — qu'il déplorait —, le juge Thumper avait été connu sous le sobriquet du « juge qui pend ». Les homélies qu'il prononçait au tribunal étaient d'une sévérité morale qui eût paru extrême même aux fidèles d'un prêcheur écossais particulièrement grinçant. Si Votre Honneur ne faisait pas d'allusion directe à l'enfer et à la damnation en prononçant sa sentence à l'encontre de ceux qu'il avait reconnus coupables, les personnes sensibles assistant au verdict avaient cependant tendance à renifler l'air d'une narine inquiète, comme si elles s'attendaient à flairer quelque relent de chair brûlée aux feux de la géhenne.

L'avocat de la défense réussissait parfois, malgré les fréquentes interventions au vitriol du juge, à persuader le jury que l'accusé était innocent. Le juge Thumper n'avait alors pas le choix : force lui était de laisser le prévenu quitter le banc des accusés, non sans suggérer néanmoins qu'il n'y a pas de fumée sans feu et que, en dépit de la décision du jury, l'individu qui comparaissait devant lui était un bien pauvre spécimen d'humanité qui aurait grand intérêt à se ressaisir.

Cela expliquait que sir Wilfred Thumper fût une des bêtes noires favorites de la presse populaire qui se faisait un réel plaisir de rapporter ses remarques les plus frappantes. Les gros titres proclamaient : « Thumper fustige les âmes charitables » ou « Emprisonnez les fraudeurs d'allocs ! déclare le juge. » Tant qu'elle n'était qu'un jeune espoir du tennis parmi d'autres, sa fille Patricia avait échappé aux attentions des journalistes mais, à quinze ans, elle s'était détachée du peloton en devenant championne junior. Elle avait un revers assassin qui était son fort et les pages sportives parlaient d'elle avec admiration, la surnommant « Trish la tigresse » ou simplement « La jeune Cogneuse ». Maintenant qu'elle avait dix-neuf ans et qu'on la donnait pour celle qui, dans quelques années, risquait de détrôner des championnes telles qu'Ann Jones ou même Billie Jean King, journalistes sportifs et secrétaires de rédaction rivalisaient de jeux de mots exécrables sur son nom et sur la réputation de son éminent père.

Mel Forby et Thrudd Banner restèrent où ils se trouvaient et continuèrent à discuter un moment de l'échange qu'ils avaient surpris entre Miss Seeton et le pasteur. Il y avait encore pas mal d'allées et venues derrière les tribunes provisoires car, pour l'instant, Trish Thumper et Nancy Wiesendonck s'échauffaient et le match n'avait pas encore commencé. Les deux journalistes n'avaient donc aucune raison de supposer que quelqu'un pût faire attention à eux ou s'intéresser à leurs personnes. Ils ne remarquèrent ni l'un ni l'autre un maigrichon à tête de fouine, à côté d'eux, qui semblait éprouver des difficultés avec un de ses lacets.

CHAPITRE II

— Oh, de la routine, j'imagine, monsieur. Tout ce qui peut se perpétrer comme méfaits sous le soleil, pour reprendre la formule élégante de l'Ecclésiaste. Et le soleil a généralement coutume de pointer au boulot pendant la quinzaine de Wimbledon. Revendeurs de billets à la sauvette, pickpockets, vieux dégueulasses qui tripotent les jeunes filles dans la foule. Vanités et avilissement de l'esprit en veux-tu, en voilà, mais rien que les gars de la division locale n'aient eu à traiter, depuis les années...

Le commissaire divisionnaire Delphick étudiait attentivement l'expression de son supérieur, tout en parlant. Ça ne ressemblait guère au directeur adjoint (brigade criminelle) de se pencher personnellement sur la douteuse écume de petits délits qui se dépose au bord de l'océan de criminalité dont ils s'employaient normalement à dresser la carte.

— Tout à fait, déclara sir Hubert Everleigh d'une voix un peu incertaine, car il enviait à l'Oracle la facilité apparente avec laquelle celui-ci semblait toujours trouver la citation qui s'imposait. Mais qu'en est-il des personnalités, qu'a-t-on prévu pour leur sécurité ?

— Avec tout le respect que je vous dois, monsieur, je pense que vous êtes certainement mieux informé là-dessus que je ne le suis. Le duc de Kent assistera sans doute à plusieurs matches, en tant que nouveau président, et je suppose qu'on a prévu la protection habituelle. Même chose pour la duchesse, les autres membres de la famille royale et les politiciens de premier plan qui décideront d'y aller.

— Oui, oui, bien sûr, ça va sans dire. Ce n'était pas tant à eux que je pensais. Plutôt aux joueurs, Delphick. Depuis deux ans qu'ils ont admis les professionnels dans le tournoi et qu'ils ont commencé à décerner des prix en argent, tout cela est devenu...

— Une autre paire de manches, monsieur ?

— Ne me provoquez pas sur le terrain des jeux de mots, monsieur le divisionnaire, lâcha Everleigh d'une voix gutturale destinée à masquer un petit rire. Mais, de fait, c'est littéralement la vérité. La plupart des participants valent maintenant très cher, financièrement parlant. Comme des chevaux de course. Et les gens prennent des paris sur les résultats. Quelqu'un pourrait avoir l'idée d'essayer de torpiller une étoile montante. Ou de la kidnapper.

Delphick était impressionné. Une telle pensée ne lui avait même pas effleuré l'esprit et force lui était d'admettre que sir Heavily[1] avait raison :

— Voilà une question d'importance, monsieur. Mais je suis obligé de remarquer que le kidnappeur assez insensé pour essayer d'enlever Rod Laver ou Ken Rosewall ne serait pas au bout de ses peines ! Pour ce qui est des filles, en revanche...

— Justement. Il n'y a pas de doute qu'elles seront bien chaperonnées dans l'enceinte de Wimbledon mais elles ont tendance à aller et venir à leur guise, la plu-

1. Le nom de sir Everleigh est déformé pour en faire le sobriquet de « sir Heavily » qui sonne presque pareillement mais veut dire « sir Lourdement ». (*N.d.T.*)

part du temps. Bon, assez parlé de généralités : en réalité, on risque cette année de se retrouver avec un problème spécifique sur les bras. Est-ce que le nom de Trish Thumper vous dit quelque chose ?

— Oui, bien sûr. D'après ma femme, c'est une jeune joueuse à suivre. Et puis c'est la fille du juge, évidemment.

— C'est cela. Je l'ai rencontré ici et là, le juge, mais, *entre nous*[1], je le déteste cordialement. J'ai ouï dire que les avocats le surnomment Cogneur le Grincheux. Apparemment, il suit l'exemple du juge Jeffreys, de sinistre mémoire. Savez-vous qu'il a été blackboulé quand il a voulu se faire élire au *Garrick*[2] ? remarqua le directeur adjoint, couvant d'un regard satisfait les rayures vert pâle et rose de la cravate de son club, tandis que Delphick jouait avec l'idée que sir Hubert était peut-être bien celui qui lui avait barré la route. Quoi qu'il en soit, il paraît qu'il a reçu des lettres de menaces.

— Ça ne m'étonne guère, monsieur. N'importe lequel de ceux qu'il a fait incarcérer serait prêt à le trucider allégrement, s'il pensait pouvoir le faire impunément. Mais je déduis de vos propos que les menaces s'adressent plutôt à sa fille.

— Effectivement. Quand on est flic, comme nous, il faut bien s'habituer à recevoir des menaces de la part de truands dépités, de leurs amis ou parents. Pareil pour les juges. Même ceux qui ne rudoient pas les gens et ne leur imposent pas systématiquement la peine maximale avec le plaisir évident qu'y prend un Wilfred Thumper, déclara sir Hubert qui se leva, tra-

1. En français dans le texte. Les autres expressions françaises seront désignées par des italiques et un astérisque. (*N.d.T.*)

2. Club chic, très sélect, où l'on ne peut être admis que par cooptation. (*N.d.T.*)

versa le bureau, regarda un moment par la fenêtre et tourna les talons pour venir se rasseoir. Normalement, donc, il n'y aurait pas lieu d'avoir des insomnies à cause des lettres de menaces adressées à Thumper, mais là, c'est autre chose. Vous n'êtes pas le seul à vous souvenir de passages de la Bible, savez-vous ? Il y est question des péchés des pères qui retomberont sur leurs enfants jusqu'à la... jusqu'à combien de générations, Delphick ?

— Sept, je crois bien.

— Sans doute. Enfin, quel que soit le nombre, c'est un principe drôlement injuste, auquel nous n'adhérons pas, le directeur et moi. Miss Patricia a sans doute assez de difficultés par le seul fait d'avoir un père pareil. Et si quelqu'un nourrit de sombres desseins à son égard, nous devons nous en occuper. Ce que je veux dire, bien sûr, c'est que *vous* devez vous en occuper, conclut sir Hubert en poussant vers Delphick un mince dossier qu'il avait sur son bureau. C'est tout ce qu'on a là-dessus jusqu'à présent. C'est Thumper en personne qui est venu en parler au directeur, à l'instigation de votre vieil ami, sir George Colveden.

— *Colveden*, monsieur ?

— Lui-même. Apparemment, ils ont gardé le contact depuis l'époque où ils étaient en pension ensemble et, bien que Colveden ne soit que juge de paix, c'est, paraît-il, la seule personne sur terre dont le juge Thumper respecte les opinions.

— Seigneur !

— Mon sentiment, exactement. Bon, le directeur éprouve aussi peu de tendresse que moi pour cet odieux homme mais, d'après lui, à condition de serrer suffisamment fort et longtemps, Thumper doit pouvoir produire une goutte du lait de l'humaine bonté. Apparemment, M. le juge Thumper aime sa fille de tout son cœur — ou ce qui en fait office — et il perdrait sûrement la tête s'il devait lui arriver quoi que ce fût.

Nigel Colveden, tout à son extase, saisit la main qui se trouvait à portée de la sienne et la serra fort. La main appartenait à Miss Treeves qui s'en trouva aussi surprise que ravie. Trish Thumper avait perdu le premier set, remporté par l'Américaine par six-deux, mais elle avait réussi à prendre le second set, six-quatre.

— Elle n'est pas fantastique, non ?

Miss Treeves abaissa son regard pour le poser sur les deux jeunes filles assises au pied de la chaise d'arbitre : elles s'essuyaient le visage avec des serviettes tout en buvant du Coca-Cola.

— Elles sont à la mesure l'une de l'autre, dit-elle en enlevant sa main d'un geste décidé, mais si c'est de Trish Thumper que vous voulez parler, j'imagine, eh bien, Arthur pense comme moi que c'est elle la plus dynamique et qu'elle va probablement gagner.

— Ah, parfaitement ! renchérit le pasteur qui avait appris depuis longtemps à ne pas discuter les opinions que sa sœur lui attribuait.

Il se tourna vers Miss Seeton, pensant l'inviter à se joindre à cette belle unanimité mais, la voyant manifestement perdue dans ses pensées, il se garda de la déranger.

Les Thumper père et mère regardaient leur fille, la tête tournée de telle manière que Miss Seeton avait une vue imprenable sur le profil de sir Wilfred. Lady Thumper, assise à ses côtés, était en grande partie dissimulée par son mari. En outre, elle portait un énorme chapeau très élaboré — il évoquait le Taj Mahal, pensa Miss Seeton — qui aurait de toute façon empêché qu'on vît son expression depuis les places situées derrière elle ou plus haut.

Peu importe, se dit Miss Seeton, se rappelant le thé qu'ils avaient pris ensemble chez les Colveden. Cette pauvre lady Thumper : jeune, elle avait dû faire impression sur l'homme qui allait devenir son époux, mais elle semblait dépourvue de la moindre personnalité, maintenant qu'elle avait un âge certain. On aurait eu bien du mal à brosser son portrait.

Le visage de sir Wilfred, en revanche, était mémorable et expressif, trahissant des traits de caractère étrangement contradictoires. A la réflexion, en fait, il ressemblait énormément à Leonardo Loredan, le doge de Venise, dans le merveilleux tableau de Bellini. Il avait le même air d'autorité ascétique, le même nez altier et proéminent, les lèvres minces et serrées dans une attitude tout aussi critique. Quelques centaines d'années auparavant, le doge aussi avait dû frapper nombre de ses connaissances par son personnage d'homme grognon, imbu de ses propres opinions, sûr de son bon droit et de sa rectitude. Les doges étant élus parmi ceux qui avaient précédemment rendu la justice, au tribunal vénitien, il n'était pas déraisonnable de supposer que Leonardo, comme sir Wilfred, s'était acquis une réputation de sévérité. Pourtant, le portrait de Bellini montrait un homme dont les yeux trahissaient une certaine vulnérabilité, voire de la douleur. Et sir Wilfred avait eu cette même expression dans le regard quand il le posait sur sa fille unique lorsqu'ils prenaient le thé sur la terrasse de Rytham Hall. Un regard fort différent de celui qu'il avait en devisant avec sir George que, manifestement, il respectait, sentiment normal, dans le fond, si leur amitié d'enfance avait bien été telle que le pasteur l'avait rapportée.

— Je me demande si on leur servait du *lemon curd*[1] à l'école.

— Avez-vous dit *lemon curd*, Miss Seeton ? s'étonna le pasteur qui n'était pas sûr d'avoir bien entendu, absorbé par le spectacle des joueuses sur le point d'entamer le troisième set.

— Oui. Ça a été un vrai plaisir d'en manger chez les Colveden, la semaine dernière. Je ne comprends pas pourquoi c'est tellement passé de mode, ces derniers temps. Peut-être que sir George en a fait faire spécialement parce qu'il se souvenait que c'était une des friandises préférées de sir Wilfred, il y a tant d'années. Il ressemble beaucoup au doge de Bellini, vous ne trouvez pas ?

Arthur Treeves la regarda, un peu gêné, mais échappa à l'obligation de lui répondre car le silence se fit tandis que Trish Thumper s'apprêtait à servir. Nigel Colveden eut peine à retenir un gémissement de désir quand elle leva sa raquette et frappa la balle : le tissu de sa robe de tennis se tendit sur sa poitrine opulente, faisant remonter la jupette à festons qui découvrit ses cuisses musclées. C'était un bon service mais Nancy Wiesendonck le renvoya habilement. Il y eut une série d'échanges que le revers de Thumper conclut victorieusement. Quinze-zéro.

— Les dogues de Bellini ? s'enquit le pasteur en se tournant vers sa voisine pendant que crépitaient les applaudissements. Je ne connais personne de ce nom. Tout au moins qui ait des chiens, précisa-t-il, comme s'il connaissait des quantités d'autres Bellini.

Immédiatement rappelé au silence par sa sœur et

1. Cette spécialité anglaise est une sorte de crème au citron à base d'œufs, de beurre et de citron, qui a un goût sucré et acidulé et une consistance proche de la confiture, dont elle fait parfois office. (*N.d.T.*)

gratifié d'un sourire d'excuse de Miss Seeton, il se tint coi jusqu'à la fin du premier jeu, remporté par Trish Thumper. Constatant alors que Miss Seeton s'était abîmée dans une autre rêverie, il fit un grand sourire à l'adresse de Nigel :

— Comme elle joue bien !

Miss Seeton cligna des yeux, les frotta, cligna encore une fois. Alors que la plupart des têtes de spectateurs tournaient de gauche à droite pour suivre la balle, le regard du doge de Venise ne quittait jamais sa fille. Et pendant ce temps-là, il faisait lui-même l'objet d'une observation tout aussi appuyée — tiens, tiens, intéressant. Celui qui le fixait n'était autre que le Tintoret, en uniforme de la *St John's Ambulance Brigade*[1], debout près du grillage, derrière la ligne de fond de court, du côté actuellement occupé par Trish Thumper. Voyons, voyons, ne nous laissons pas emporter par notre imagination au point de tomber dans la complaisance... Notons juste que sir Wilfred *ressemble* au doge et que le secouriste *ressemble* au Tintoret de l'autoportrait, une énorme barbe grise et broussailleuse conférant une fausse rondeur à son visage tragique et cadavérique.

C'était la première fois depuis près de six ans que William Parsons portait son vieil uniforme en public. Comme il avait maigri en prison, il avait l'impression de flotter dedans et le sentait peser sur ses épaules, mais il ne doutait pas qu'il passerait la revue de détail sans problème. Il avait plus d'une fois plaisanté dans le temps sur le fait que les bénévoles de la Croix-Rouge et de la *St John's* présents lors de concerts ou d'événements sportifs étaient des « invi-

1. Œuvre caritative spécialisée dans les premiers secours et soins d'urgence. (*N.d.T.*)

sibles », comme le facteur dans les polars. Tout le monde les voit mais personne ne les remarque. Bien qu'ayant peut-être déjà entendu la blague, Audrey et Vicky avaient ri, avec affection, croyait-il.

Car ils formaient à l'époque une petite famille unie et plus heureuse que la moyenne. Directeur d'agence de la *Reliable Building Society*[1] — l'agence de la Grand-Rue de Streatham, un établissement très fréquenté —, ce n'était peut-être pas la réussite professionnelle dont William avait rêvé au départ, mais c'était tout de même un poste dont il n'avait pas à rougir. Le salaire était correct sans être généreux et il bénéficiait, en tant que membre de la direction, d'un taux d'intérêt extrêmement réduit sur le prêt qui avait financé l'achat de sa propre maison. L'un dans l'autre, il aimait bien interroger les jeunes couples qui sollicitaient des prêts pour pouvoir s'établir, et le personnel de la succursale formait une bonne équipe, les gens travaillaient bien ensemble. De sorte qu'il était rare qu'il rentrât chez lui en ayant passé « une mauvaise journée au bureau ».

Audrey le taquinait souvent sur la durée de son temps libre qu'il consacrait à la *St John's Ambulance Brigade*. « Tu es un fanatique, voilà ce que tu es, Albert Schweitzer », disait-elle volontiers quand il se préparait à partir pour remplir son devoir de secouriste à l'occasion d'un match de football du samedi. « Dire que tu n'aimes même pas le foot ! » Quand il croyait percevoir un réel ressentiment derrière les saillies et qu'il hésitait, elle lui lançait alors : « Allons, vas-y donc, gros bêta ! Et passe un bon moment.

1. Une *building society* est une sorte de caisse d'épargne mutuelle, initialement spécialisée dans l'octroi de prêts au logement. (*N.d.T.*)

J'espère que cette semaine, vous aurez quelque chose de plus intéressant qu'une cheville foulée ! »

L'attitude de Vicky était dépourvue d'une telle ambiguïté. Elle idolâtrait son père et, aussitôt qu'elle en eut l'âge, elle rejoignit la brigade, elle aussi, en tant que cadette. Et dès ce moment-là, outre qu'ils étaient père et fille, ils devinrent aussi collègues et alliés. William était fier de cette adolescente jolie et intelligente qu'il avait pour fille, et Vick se confiait à lui avec un abandon qu'elle n'arrivait jamais à trouver auprès de sa mère.

Tant et si bien que ce fut vers son père qu'elle se tourna quand, à quelques semaines de son dix-septième anniversaire, elle s'aperçut qu'elle était enceinte des œuvres de Michael, son premier petit ami pour de vrai. Elle ne voulait pas qu'il le sût, certainement pas avant ses examens. Il était en terminale lui aussi, un garçon brillant qui espérait obtenir une bourse d'État pour étudier la médecine. Rien ne devait barrer la route de son avenir. Papa comprendrait. Papa ne se mettrait pas en rage, il lui épargnerait les cris et les hurlements. Il l'aiderait.

William était effondré mais il ne pouvait pas laisser Vicky se débrouiller seule. On parlait beaucoup de réformer la législation sur l'avortement, cependant il faudrait des années pour que cela se fît. Il était trop avisé pour croire aux remèdes de bonnes femmes comme les bains chauds et le gin à profusion, et il était hors de question de laisser sa petite Vicky chérie tomber entre les mains d'une de ces horribles créatures qui font ça au cintre métallique, dans quelque sordide piaule des bas quartiers. William avait des amis dans la *Brigade* et l'un d'eux le présenta à un ami qui connaissait un chirurgien distingué, installé dans Wimpole Street[1]. C'était un homme libéral et humain, qu'on pouvait persuader à l'occasion de mettre sa carrière en péril pour aider une jeune fille en détresse, mais il était cher.

William n'avait pas les cinq cents livres requises et, comme Audrey et lui avaient un compte joint, il ne pouvait pas prendre un prêt sans qu'elle fût au courant. C'est en y réfléchissant qu'il avait dû commencer à perdre la tête, car tout directeur de *building society* qui a les idées un peu claires sait parfaitement que les procédures bancaires contiennent des dispositifs de sécurité élaborés tels que, s'il tentait de prêter cinq cents livres à un demandeur de crédit fictif, sa manœuvre serait découverte en quelques jours. Ces mêmes dispositifs assuraient également que si quelqu'un détournait une somme en liquide pendant un jour ouvrable — comme le fit William Parsons —, il aurait des ennuis dans les heures suivantes.

Dans le cas de William, ce fut une Miss Julie Withers qui constata à quatorze heures vingt qu'il manquait quelque chose dans sa caisse, la revérifia, et interrogea sa collègue Beverly Connolly qui s'appelait en réalité Mrs. Drew mais préférait utiliser son nom de jeune fille au travail. Beverly se récria : « Julie, tu sais bien que je ne piquerais pas de billets de cinq livres dans ta caisse sans te le dire. Mais, zut alors, c'est pas vrai, il en manque aussi dans la mienne ! » Sur quoi on consulta le directeur adjoint, Mr. Wilson, un homme qui avait tendance à être toujours sur votre dos, mais rapide à la détente, et qui vit tout de suite que l'affaire relevait de Mr. Parsons. C'est ainsi qu'à quatorze heures trente-cinq, il se pré-

1. Il y a deux rues à Londres — Harley Street et Wimpole Street — qui sont traditionnellement célèbres pour les médecins de renom qui y sont installés. (*N.d.T.*)

cipita sans frapper dans le bureau du directeur qu'il trouva en train de passer un élastique autour d'une liasse de billets de cinq livres.

William Parsons aurait pu trouver mille et une façons de s'expliquer pour se tirer de cette situation — certes, peu orthodoxe — mais il paniqua, fourra les billets dans sa poche puis s'enfuit du bureau et du bâtiment. À quatorze heures quarante-deux, il était appréhendé par l'agent Godfrey Hislop, et à quinze heures trente, mis en examen. Son comportement était si délirant qu'il fut gardé à vue, puis placé en détention provisoire par les magistrats chargés de le faire passer en justice.

Lorsque William Parsons comparut finalement devant le juge Thumper, son agitation s'était calmée mais il vivait les affres de la sombre nuit de l'âme. Car Vicky, privée de l'aide de son père, avait essayé de se faire avorter toute seule, sur la base de connaissances médicales dramatiquement nulles. On l'avait découverte trop tard, déjà agonisante, et elle était morte à l'hôpital. L'avocat de William lui conseilla de plaider non coupable ; le prévenu demeura muet pendant tout le procès et son défenseur plaida le coup de folie dû à l'angoisse que lui causait l'état de sa fille. C'était une ligne de défense un peu risquée : Parsons se serait en effet retrouvé dans de beaux draps si l'on avait appris au cours de l'instruction qu'il avait dérobé cet argent pour financer une opération illicite.

M. le juge Thumper démolit dédaigneusement la théorie du coup de folie, même si Mr. Wilson, le sous-directeur, avait déclaré lors de son contre-interrogatoire que, comme cadre expérimenté de la *Reliable Building Society*, l'accusé aurait dû logiquement savoir que ses actes entraîneraient des conséquences désastreuses pour lui. « Voilà un homme, conclut le juge dans le résumé des débats à l'intention du jury, qui occupait un poste de confiance et avait de hautes responsabilités financières. Vous seriez donc fondés à considérer qu'il a trahi cette confiance, et ce, d'une manière particulièrement scandaleuse. »

Ce n'est que lorsque les membres du jury revinrent avec un verdict de culpabilité que Thumper se déchaîna vraiment dans son réquisitoire. L'avocat de la défense plaida les circonstances atténuantes, au motif que la torture mentale de son client avait été aggravée au-delà de toute mesure à la suite de la mort de sa fille. C'est en effet fort regrettable, tempêta Votre Honneur, mais il importe que justice soit faite. Il stigmatisa alors la conduite de l'accusé qui comparaissait devant lui, avec une fougue et un luxe de détails exceptionnels, même selon ses propres critères, et les avocats des deux parties comprirent bien avant qu'il en eût fini que le pauvre homme bouleversé, au banc des accusés, allait en prendre pour des années.

William Parsons entendit le verdict à travers les brumes de sa détresse, sans bien en percevoir la portée. Ça lui était égal. Rien ne comptait plus pour lui, jusqu'au moment où le vieil imbécile sentencieux dépassa les bornes, en ayant l'air d'insinuer — Parsons en était sûr — que la mort de sa chère petite Vicky était un jugement du ciel. Pour la première fois depuis le début du procès, l'accusé leva la tête et regarda le juge droit dans les yeux : le brouillard du désespoir se leva, chassé par le feu de la haine qui allait lui redonner le désir de vivre et le soutenir tout au long de ses années d'emprisonnement.

Le panneau d'affichage du score indiquait un set partout, et cinq jeux à quatre en faveur de Nancy Wiesendonck dans le troisième set. Cependant, Trish Thumper remontait rapidement : c'était elle qui servait dans ce jeu-là et elle n'avait perdu qu'un seul point jusqu'à présent. Quarante-quinze. Ce n'était qu'un match-exhibition, après tout, mais Nancy Wiesendonck avait l'air tendu de tous les joueurs de classe internationale qui voient arriver trois balles de match et la perspective d'une bataille prolongée.

L'Anglaise prit une profonde inspiration qui émut intensément Nigel Colveden, leva sa raquette pour servir... et la balle sortit sur le côté. Son second service était bon mais si faible que son adversaire put le lui renvoyer en smashant avec un rien de mépris. Quarante-trente. Le point suivant fut aussi pour l'Américaine, suivi d'un autre service sans force et d'un renvoi énergique. Égalité, suivie d'une double faute. Avantage Miss Wiesendonck. Miss Thumper se démenait sur le court, accumulant les erreurs, telle une novice désespérément dépassée par une joueuse de classe supérieure.

— Mais elle est malade ! dit Mel Forby à Thrudd Banner.

— Elle a perdu, constata son interlocuteur quelques secondes plus tard.

Les spectateurs se mirent à applaudir, un peu surpris, et Trish Thumper se traîna jusqu'au filet, indifférente, pour serrer la main de la gagnante qui affichait un mélange de plaisir et d'inquiétude.

C'est l'inquiétude seule qui se lisait sur le visage de sir Wilfred et la satisfaction sur celui de William Parsons, tandis que les deux jeunes filles remerciaient l'arbitre et sortaient du court ensemble, l'une d'elles visiblement en plein désarroi.

CHAPITRE III

— Dis donc, quand est-ce que vous faites le grand saut, Bob ?

Le regard de l'inspecteur Bob Ranger se posa à l'autre bout de la pièce sur son patron assis là, tournant et retournant un coupe-papier dans ses mains. Non que l'Oracle s'en servît jamais lui-même, car les documents qui arrivaient sur son bureau étaient rarement encore sous enveloppe. Mais ça lui donnait de quoi jouer et un peu d'exercice, par-dessus le marché, parce qu'il le laissait souvent tomber et devait se baisser pour le ramasser.

— Samedi en huit, monsieur. Il est prévu que Mrs. Delphick et vous y veniez, vous m'avez donné votre accord. Et, euh... vous avez approuvé la demande de congé de deux semaines que j'ai déposée il y a deux mois.

Il n'y avait rien de mal à lui rappeler ce détail crucial : autant mettre ça tout de suite franchement sur le tapis et classer l'affaire illico. Parce que l'Oracle avait ce fameux dossier devant lui, celui qu'il avait rapporté après son entrevue avec sir Heavily la veille et qu'il avait gardé sous clé depuis. Et il affichait son fameux air, celui qui annonçait de nouveaux éléments. Typique, ça ; juste quand ils venaient de déblayer toute la paperasserie en retard, pour qu'il puisse partir en laissant tout nickel ! Il pouvait même dire ce qui se passait dans la tête de ce diable de bonhomme, dans le style : « Tiens, mon gars, voilà un sac de nœuds qui va t'occuper pour un bon bout de temps ! »

— Pas besoin de prendre cet air inquiet ! Je n'ai absolument pas oublié et je me fais péniblement à l'idée de devoir me passer de vos services pendant que vous vous dorerez la pilule, Anne et vous, dans cet endroit que vous tenez si secret. Ne craignez rien, nous serons à l'église de Plummergen à temps, ma femme et moi, tirés à quatre épingles. Je pourrai peut-être même me rendre utile quand le pasteur demandera si quelqu'un connaît un obstacle ou un empêchement au mariage : je veillerai à ce que les objecteurs fassent la queue.

— C'est gentil de votre part, monsieur.

L'Oracle avait l'air si content de lui qu'il ne pouvait pas être trop préoccupé par l'affaire qu'il avait en main, quelle qu'elle fût.

— Mais je vous en prie, répondit Delphick, ponctuant son propos d'un petit geste détaché qui envoya valser le coupe-papier par terre à grand fracas. Je me réjouis de revoir Plummergen, remarqua-t-il en s'extrayant de son fauteuil pour aller ramasser le coupe-papier. C'est l'« endroit idéal pour se passer la corde au cou ». J'espère que vous avez entendu crépiter les guillemets ! Savez-vous que j'ai lu ça un jour sur une pancarte, devant une chapelle du Nevada où on mariait les gens ? Bah, juste une remarque en passant. En fait, j'ai un petit boulot pour vous, en rapport avec le contenu de ce mince dossier, annonça Delphick qui, resté debout, apporta les papiers à son assistant. Vous trouverez là-dedans cinq lettres de menaces, avec les enveloppes, reçues ces derniers mois à intervalles irréguliers par sir Wilfred Thumper, le juge bien connu pour ses attitudes dignes de l'Ancien Testament et pour ses attendus qui font de superbes citations. Une autre donnée est venue accroître sa renommée ces deux dernières années puisqu'il est le père de Trish Thumper, la joueuse de tennis dont certains disent qu'elle aurait une chance de gagner Wimbledon cette année, comme outsider. Vous trouverez aussi une note confidentielle dictée par le directeur en personne, à la suite de la petite conversation qu'il a eue avec le juge. Maintenant, tout ce que j'attends de vous, c'est le nom de l'olibrius qui est l'auteur de ces menaces. Plutôt facile à débusquer, pour un type doué comme vous l'êtes...

Ranger ouvrit le dossier et en contempla un instant le maigre contenu avant de se sentir suffisamment calme pour répondre. Puis, fermant un instant les yeux, comme s'il priait, il releva enfin la tête :

— Je ne saurais même pas par quel bout commencer ! Ayez un peu de cœur, monsieur !

— Voyons, voyons, j'ai un cœur, et même un cœur de gamin. Je le garde chez moi, dans un bocal, sur la cheminée. Bon, je vais avoir pitié de vous et je vais vous guider sur la piste des débutants. Comme vous le voyez, les lettres sont dans une pochette de plastique transparent, vraisemblablement parce qu'un amateur — le juge ou le directeur, je n'oserais le dire — a fourré ses empreintes partout et s'est ravisé, pensant que l'auteur avait dû avoir l'obligeance de faire de même. Personnellement, je doute beaucoup qu'il ou elle ait commis une telle erreur, mais il faudra tout de même vérifier, pour la forme. Les enveloppes, quant à elles, ont été manipulées par des quantités d'employés des postes, ce qui les rend inutiles de ce point de vue-là — comme de tout autre, probablement. On dirait qu'elles viennent de chez *Wool-*

worth's[1]. L'adresse est exacte, quoique écrite en lettres capitales, maladroites comme celles d'un enfant, et il semble qu'elles aient toutes été postées du centre de Londres.

— Mais, bon dieu, monsieur, pourquoi tant d'histoires pour si peu ? Les lettres de menaces, ça fait partie des risques du métier de juge, et du nôtre. Souvenez-vous de ce type, il y a deux ou trois ans, qui vous écrivait à l'encre verte une fois par semaine, avec une régularité d'horloge, pour vous menacer de je ne sais plus quoi.

Delphick sourit en y repensant :

— Oui, en effet. Les passages croustillants étaient soulignés en rouge. Et il a fini par être si frustré de ne susciter aucune réaction que, finalement, il m'a mis une enveloppe timbrée, à son adresse, pour la réponse. Il s'est avéré que c'était le père d'un type qui s'était tordu la cheville en dévalant un escalier, porteur d'une taie d'oreiller pleine de bidules coûteux, et qui avait atterri dans mes bras larges ouverts.

— Oui, bon, voilà ce que je veux dire, monsieur : vous aviez pour habitude de jeter ses lettres à la corbeille. Alors, pourquoi ce juge n'en fait-il pas de même ?

— Les grands esprits se rencontrent : c'est exactement ce que j'ai suggéré au directeur adjoint qui m'a alors expliqué la genèse de l'affaire, et j'ai dû convenir que les circonstances modifiaient la situation. Lisez donc la note du directeur, Bob. Ça fait des années que le juge Thumper passe des condamnations maximales et envoie des remarques cinglantes, tant dans les tribunaux de son ressort qu'à l'Old Bailey. Pas étonnant que son courrier soit agrémenté de menaces gratinées l'avertissant que l'heure de la vengeance a sonné.

---

1. Équivalent anglais de *Monoprix.* (*N.d.T.*)

C'est un vieil intolérant qui a le cuir chatouilleux mais ne se laisse pas facilement intimider. Normalement, il se contente d'accorder un bref coup d'œil à ce genre de lettres avant de les brûler. Le directeur a noté que Thumper estime s'être ainsi débarrassé des deux ou trois lettres précédentes venant de ce type — oui, je pense qu'il s'agit d'un homme. C'était des épîtres vagues et interminables, de l'ordinaire pour un vieux routier comme Votre Honneur. Mais la suivante l'a secoué parce que dans celle-là, l'auteur s'est fait plus précis et a menacé sa fille Patricia, alias Trish. Et comme vous le verrez, il a répété cette menace dans les quatre envois qui ont suivi, dont trois parvenus au cours des dix ou douze derniers jours.

— Quel minable ! Est-ce que la petite est au courant ?

— Non. Thumper le lui a caché, à elle et à sa mère. Et vu qu'il n'est sans doute pas gai comme un pinson, même dans ses meilleurs jours, elles n'ont peut-être pas remarqué qu'il avait une frousse bleue — bien justifiable. Enfin, nos maîtres ont ordonné qu'on garde un œil protecteur sur Miss Thumper jusqu'à ce qu'on ait coincé le mystérieux bonhomme, conclut Delphick qui regarda sa montre. Tiens, ça me rappelle qu'il faut que j'aille m'occuper de ça, fit-il en se dirigeant vers la porte où il s'arrêta un instant. Faites procéder rapidement à l'examen des empreintes, ce sera une chose de réglée. Et immergez-vous dans les nobles pensées du directeur. Celui que nous recherchons est presque certainement un homme que Thumper a mis à l'ombre pour un sacré bail et qui a dû ressortir vers la fin de l'année dernière. Allez un peu courtiser les ordinateurs, Bob, et voyez la sélection de candidats que ces satanées machines seront capables de nous donner, conclut-il en partant.

Il n'avait pas dit grand-chose mais assez pour permettre à Ranger de reléguer temporairement à l'arrière-plan de son esprit toute idée de liste d'invitations, de cadeaux de mariage, de prix des meubles et de la moquette, et de courir s'occuper plutôt du dossier. Il allait lire la note dictée par le directeur quand la porte se rouvrit et Delphick pointa son nez :

— J'ai oublié de vous faire jurer le silence absolu, précisa-t-il gravement. Il ne faut en aucun cas que la presse soit au courant de l'affaire. Car, en dehors de toutes les autres bonnes raisons, ça torpillerait mon plan d'exploiter la filière Plummergen — fort intéressante. Eh oui, il y en a une. Vous y arriverez dans une minute.

— Oui, monsieur, naturellement. Les deux démarches vont de pair : tant que nous n'aurons pas identifié et neutralisé l'auteur des menaces, nous devons faire tout ce qui est raisonnablement possible pour assurer la sécurité de Miss Thumper. Quant au premier point, j'ai déjà donné des instructions pour qu'on dresse une liste des noms de ceux qui ont été condamnés à de longues peines par son père et qui ont été libérés vers la fin de l'année dernière. Nulle garantie que celui que nous recherchons se trouve parmi eux, mais c'est une possibilité évidente et il faut bien commencer quelque part. Je ne sais pas du tout à combien de noms nous allons arriver mais, même s'il n'y en a que quelques-uns, il faudra pas mal de temps pour retrouver leurs traces actuelles et vérifier ce qu'ils sont devenus.

— C'est bien. Demandez tout ce qu'il vous faut comme aide là-dessus. Et que faire pour la fille ?

— J'ai une suggestion à ce propos, monsieur. J'ai mené une petite enquête discrète sur les prochains matches que Trish Thumper va disputer en public

— avant Wimbledon, je veux dire — et elle doit, paraît-il, jouer à Hastings, dans une dizaine de jours. Au fait, elle a perdu un match-exhibition à Hurlingham, hier. Un cafouillage de dernière minute, à en croire les journaux de ce matin. Normalement, elle voyage beaucoup, pour prendre part à des tournois un peu partout dans le monde, mais comme elle réside à Londres, chez ses parents, je suppose que c'est là qu'elle va habiter ces temps-ci. Il me semble cependant que, vu les circonstances, elle serait mieux ailleurs, puisque notre homme connaît l'adresse des Thumper.

Sir Hubert fronça les sourcils :

— Je ne vous suis pas tout à fait, là. Pourquoi ne pas simplement poster un agent en uniforme à la porte ? Voilà qui couperait court à cette petite plaisanterie.

— Pas nécessairement, monsieur, je le crains. Trish est bien obligée d'aller et venir pour s'entraîner au *Queen's Club* ou ailleurs. Le type serait capable de faire encore des ennuis et de la perturber sérieusement. Et puis, il y a autre chose : son père doit être à ne pas toucher avec des pincettes, même s'il réussit à garder ses soucis pour lui. L'ambiance risque d'être lourde chez eux, et il paraît que ces vedettes du sport sont facilement chamboulées.

— Des plantes délicates, hein ? Ça se conçoit dans le cas d'une jeune femme, je suppose. Ce qui me court sur le haricot, c'est plutôt ces épouvantables footballeurs à cheveux longs qui s'étreignent et s'embrassent en public. Bon, je comprends votre point de vue, Delphick. Avons-nous une autre option ?

— J'en vois une autre, qui a ses avantages, monsieur. Hastings n'est pas si loin de Plummergen en voiture et sir George habite juste aux abords de Plummergen.

— Et alors ?

— Eh bien, monsieur, maintenant que nous savons que Thumper et lui sont des copains de toujours, je pense que les Colveden seraient sans doute plutôt contents d'accueillir Miss Thumper quelque temps à Rytham Hall, incognito. Ils sont gentils et hospitaliers, elle doit bien les connaître et se sentir à l'aise avec eux. Cela rassurerait sir Wilfred de la savoir sous leur protection, tout en nous permettant d'organiser un dispositif de surveillance discrète. On pourrait même prévoir une voiture banalisée pour ses trajets entre Plummergen et Hastings, où je suppose qu'elle pourrait aller s'entraîner.

Le directeur adjoint réfléchit avec une intensité presque audible avant de darder sur son subordonné un regard noir d'intense soupçon :

— Eh bien ? fit-il.

— Monsieur ?

— Arrêtez, l'Oracle ! Pourquoi avez-vous si soigneusement omis de mentionner que Miss Emily Seeton habite elle aussi Plummergen ? Et que s'il y a la moindre possibilité concevable ou, mieux encore, *inconcevable*, qu'elle se voie inextricablement mêlée à cette affaire, il est bien certain qu'on l'y retrouvera, non ?

— À vrai dire, Miss Seeton ferait partie du dispositif de surveillance discrète que j'envisage, monsieur. Après tout, nous lui versons une allocation régulière pour rémunérer ses services et vous conviendrez que quelqu'un, là-haut, semble bien l'aimer, fit Delphick en levant les yeux au ciel.

Everleigh leva lui aussi les yeux :

— Ne dites pas d'absurdités, le directeur ne la connaît même pas !

— J'avais un instant oublié que son bureau se

trouve juste au-dessus du vôtre, monsieur. En fait, c'était au Tout-Puissant que je pensais.

— Moi aussi, monsieur le commissaire divisionnaire. N'oublions pas pour qui nous travaillons, tous les deux, déclara sir Hubert, ravi de l'avoir pour une fois emporté sur Delphick dans la bataille des mots d'esprit, et décidant d'arrêter le combat sur cette victoire. Bon, très bien. Ça n'a pas l'air d'une mauvaise idée, dans l'ensemble, à condition que ça puisse s'organiser sans trop de problèmes et que la jeune fille en soit d'accord. Vous feriez mieux d'aller trouver Colveden et Thumper, pour voir ce qu'ils en pensent. Au fait, Thumper a votre nom — on lui a dit que vous étiez la personne à joindre pour tout ce qui concerne cette affaire —, il ne sera donc pas étonné d'avoir de vos nouvelles. Et vous connaissez déjà Colveden. Tenez-moi au courant...

CHAPITRE IV

— La revoilà, Bunny, annonça Miss Erica Nuttel d'un ton sinistre en laissant retomber le voilage de la fenêtre.

— Qui cha, Echic ? s'enquit Mrs. Norah Blaine.

Il y avait un moment qu'elle se débattait pour essayer de faire rentrer un fil de soie à broder dans le chas d'une aiguille, tâche malcommode qui l'obligeait à tirer une langue qu'elle avait oublié de rentrer avant de répondre à son amie. Celle-ci se tourna vers elle pour la considérer :

— Mais pourquoi tu chuintes comme ça ?

— À cause de toi, Eric, je me suis mordu la langue et j'ai les yeux qui pleurent !

— Ce n'est absolument pas de ma faute ! Si tu n'étais pas si vaniteuse, tu mettrais des lunettes et tu n'aurais pas besoin de tirer la langue.

Ayant en partie recouvré son calme et essuyé ses yeux avec le dos de la main, Mrs. Blaine réussit à esquisser un mince sourire :

— J'essaierai d'y penser, désormais. Promis. Qui donc est de retour ?

— Cette épouvantable journaliste qui a écrit des tas d'horreurs sur le village dans le *Daily Negative*, après le hold-up de la poste par la bonne femme que tu sais.

Là, c'était un peu trop, même pour la loyauté farouche de Bunny :

— Euh, en réalité, il s'est avéré que nous nous étions fait une idée un peu fausse de...

— Fariboles ! La police et la presse étaient de mèche pour étouffer la vérité des faits. Comme toujours. On ne peut même plus se fier au *Daily Telegraph*[1], de nos jours... Elle a laissé sa voiture devant le *George and Dragon*. Probablement trop soûle pour prendre le volant, affirma Miss Nuttel qui regarda de nouveau par la fenêtre, bientôt rejointe par Mrs. Blaine. Là, tu vois ! Manifestement, elle tient à peine sur ses pattes, comme tu peux le constater. Ah non, tu ne le peux sans doute pas, sans tes lunettes, mais tu peux me croire sur parole. Et tu n'as pas besoin de moi pour te dire où elle va, non ? À *Sweetbriars*.

Miss Nuttel prononça le nom du cottage de Miss Seeton de telle façon qu'un inconnu, en l'entendant, se serait aussitôt imaginé le sinistre repaire d'une sorcière maléfique. En réalité, la modeste petite maison que Miss Seeton avait héritée de sa marraine alors qu'elle enseignait encore le dessin à Londres était bien nommée — les Églantines —, et Plummergen était un charmant village du Kent, bien que pas tout à fait du style de ceux qui figurent sur les cartes postales.

— Vraiment ? Je me demande pourquoi elle irait voir Miss Seeton !

— Mais parce qu'elles sont complices, évidemment ! Et j'imagine que les affaires qu'elles ont à discuter ne sont pas du genre qu'on peut traiter par téléphone. Pense donc un peu à tout ce qui est arrivé depuis que cette bonne femme s'est installée ici ! Incendie criminel, faux, sorcellerie, meurtre, vol de

1. Quotidien connu pour ses opinions conservatrices. (*N.d.T.*)

bijoux. Nous l'avons vue de nos propres yeux agresser un innocent ornithologue amateur. Et n'oublie pas la bombe qu'elle a posée dans la voiture de cet autre malheureux... C'est une menace pour la société, cette bonne femme !

— Oui, mais, Eric, les journaux ont dit que c'était sa bombe à lui, qu'il avait mise chez elle dans l'intention de la tuer. Et toutes les autres fois, elle *collaborait* avec la police, paraît-il. L'agent Potter ne tolère pas qu'on dise un mot contre elle.

Miss Nuttel lui décocha un sourire qui la pétrifia sur place :

— Voilà qui corrobore mon point de vue ! Il est clair que Potter a reçu l'ordre de dire ça. Pour la bonne raison qu'elle a des appuis puissants à Scotland Yard, des francs-maçons haut placés dans la hiérarchie, je suppose. Souviens-toi comment ils ont escamoté l'histoire de Jack l'Éventreur ! Il se pourrait bien que Potter en soit un !

— Potter, un franc-maçon ?

— Les apparences peuvent être trompeuses, Bunny. Je sais qu'il a l'air de l'idiot du village et agit comme tel, mais je perçois un rien de ruse animale et primitive, chez ce bonhomme. Enfin, je suis convaincue que si cette créature, la journaliste, et cette bonne femme Seeton peuvent mener grand train, c'est parce qu'elles savent des choses que des policiers haut placés ne peuvent pas se permettre de laisser divulguer. Alors les prétendues « autorités » paient le prix de leur silence.

Mrs. Blaine ouvrit grands ses yeux de myope :

— Du chantage, Eric ? souffla-t-elle.

Miss Nuttel confirma d'un petit signe de tête et remonta la ceinture élastique de son pantalon :

— Et je compte bien tirer ça au clair, annonça-t-elle en se dirigeant vers la porte. Toi, tu restes là,

Bunny. Moi, j'ai l'intention de filer cette créature corrompue, la Forby.

Mrs. Blaine la couva d'un regard admiratif :

— Oh, Eric, tu es si entreprenante ! Mais fais bien attention, hein !

Mel Forby n'était pas soûle le moins du monde. Elle n'avait bu qu'un verre de vin au bar pour accompagner un des rares sandwiches au rosbif que servait le *George and Dragon*, à peu près la seule chose correcte qu'on pût y manger. C'était agréable de se retrouver à Plummergen et de déambuler dans son unique rue, imaginativement baptisée « la Rue ». Ç'aurait été mieux encore si Thrudd Banner l'avait accompagnée mais il était en Allemagne, s'étant débrouillé pour décrocher une interview exclusive du chancelier Willy Brandt. Mel, qui éprouvait un manque d'intérêt souverain pour la politique internationale, n'arrivait pas à comprendre ce qui avait pu attirer Thrudd vers ce genre de journalisme, avant qu'il décide de devenir également photographe.

Thrudd était chouette, quand même. On s'amusait bien à se taquiner tout le temps. De la franche et saine rigolade. Un peu dommage qu'elle fût toujours aussi *saine* et franche, cette rigolade, mais... bon, ça suffit, maintenant, Forby. Les pensées impures sont déplacées quand on s'apprête à aller parler à Miss Emily D. Seeton. Tiens, je me demande à quoi correspond l'initiale « D ». Pas Dalila, c'est certain. Dorothy ? Daphné ? De toute façon, un prénom tranquille et respectable.

Bon, voilà *Sweetbriars*. Un petit coup à la porte. Pas de réponse. Un autre coup : toujours pas de réponse. Sortie déjeuner ? Essayons la porte : elle n'est pas fermée à clé. Jetons un coup d'œil à l'intérieur :

— Ouh-ouh ! Y a quelqu'un ?

Bizarre. Pas de réponse, mais un bruit de... Quelque chose entre un grognement et un gémissement. Oh, pour l'amour du ciel, cette pauvre petite dame n'a pas d'ennuis, non ? Se précipiter à l'étage, ouvrir la porte de la chambre à coucher et... ouf ! Quel soulagement ! Une impression de... comment ça s'appelle donc... de *déjà vu**. Tout était familier, jusqu'aux bas et à la culotte démodés, mais c'était surtout la position de Miss S sur le plancher qui avait instantanément ramené la jeune femme à la première fois où elle était venue là : Miss S était assise par terre, les jambes bizarrement fléchies sous elle et rabattues latéralement, les pieds à l'envers et cachés derrière elle.

— Tête de vache ! s'écria Mel joyeusement, attendant avec le sourire que Miss Seeton répondît.

Ce que celle-ci fit d'un seul mot qui explosa haut et fort, car il coïncida avec l'expiration du souffle qu'elle avait retenu dans l'abdomen :

— *Grenouille !* Mon dieu, je ne voulais pas crier de la sorte ! Non, ce n'est pas la Tête de vache, en fait ; j'étais en train de pratiquer la posture de la Grenouille. La Tête de vache, c'est comme ça, indiqua Miss Seeton d'une voix plus normale, lançant un bras vers l'arrière, par-dessus l'épaule, l'autre derrière le dos, et s'attrapant les mains sans effort apparent. Mais comme c'est sympathique de votre part de vous être rappelé ce nom ! fit-elle en dénouant les bras et avec un grand sourire. Bonjour, euh, Mel.

Oh, mon dieu songea-t-elle, je suis vraiment trop installée dans mes habitudes pour m'adresser facilement aux gens par leurs prénoms, mais cette chère Miss Forby a tant insisté là-dessus que ce serait impoli de ne pas le faire...

— C'est bien mon genre de me tromper de nom ! Désolée d'être entrée comme ça, sans crier gare. J'ai entendu des bruits qui m'ont fait craindre que vous ayez des ennuis, mais j'aurais dû y penser. Alors, ça marche bien, le yoga ?

— Raisonnablement, merci. Une bonne part des postures du groupe B restera à jamais hors de ma portée, je le crains. Elles ne sont pas recommandées aux personnes âgées venues tard à la pratique du hatha-yoga, et en tout cas pas quand on pratique seul. La Tortue en équilibre, le Bâton du yogin, et ainsi de suite...

— Eh bien, ça a l'air plutôt trapu, rien qu'au nom ! Et moi qui me félicitais déjà de m'être souvenue de la Tête de vache... Cela dit, comment aurais-je pu l'oublier : je croyais que vous vous moquiez de moi, cette fois-là.

Miss Seeton ayant dénoué bras et jambes, Mel lui tendit la main, l'aida à se relever puis à passer son peignoir.

— En fait, Tête de vache décrivait assez bien l'allure que j'avais à l'époque, ajouta Mel, rougissant un brin à la pensée du maquillage extravagant qu'elle avait l'habitude d'arborer avant de tomber sous l'influence civilisatrice de Miss S.

— Pensez-vous ! Et si vous descendiez mettre la bouilloire à chauffer pendant que je me donne l'air un peu plus présentable ? Ensuite, nous deviserons agréablement. Oh, là, là, j'aurais dû vider ça ce matin ! s'écria Miss Seeton en prenant la carafe d'eau posée sur sa table de nuit. « Qui ne gaspille rien ne manque de rien », cita-t-elle en se dirigeant vers la fenêtre ouverte. Depuis qu'il fait si sec, on nous a demandé d'économiser l'eau en n'arrosant pas le jardin au jet.

Toujours face à Mel, elle tendit le bras par la fenêtre et versa le contenu de la carafe. Ce simple geste fut aussitôt suivi d'un cri étouffé, dans le jardin, et Miss Seeton se pencha au-dehors, consternée.

— Oh, mon dieu, je suis vraiment navrée, Miss Nuttel ! Quelle terrible étourderie de ma part ! Permettez-moi de vous donner une serviette sèche — Miss Nuttel, revenez !...

Elle resta quelques secondes penchée à la fenêtre avant de se retourner, l'air étonné et soucieux, découvrant une Mel effondrée, secouée par un fou rire irrépressible.

— Elle, euh... elle est partie en courant, Mel. Elle a les cheveux trempés. Ah, c'est *affreux* ! Que doit-elle penser de moi ?

Mel essuya des larmes de rire :

— Vous avez trempé Erica Nuttel ? Formidable ! Ne vous en faites pas, nous savons bien ce que les Cinglées pensent de vous, Miss S. Je vous parie tout ce que vous voudrez : elle m'a repérée pendant que je venais chez vous, elle m'a suivie et elle traînait dehors pour espionner. Justice poétique : voilà comment j'appelle ça.

Miss Nuttel était assise à ruminer ses pensées, la tête enveloppée dans une serviette en forme de turban, et quelque peu rassérénée par la tasse de thé fort et sucré que lui avait distraitement servie Norah Blaine.

— Des microphones, déclara-t-elle finalement.

— Des microphones ?

— Naturellement. La maison doit être truffée de capteurs sonores. Ou bien elle est protégée par un de ces... comment ça s'appelle déjà ?... un de ces rayons infrarouges. La bonne femme Seeton ne pouvait absolument pas savoir que j'étais sous la fenêtre, à moins d'en avoir été alertée par une sorte d'alarme silencieuse. Elles étaient en train de se disputer violemment, vois-tu.

— À quel propos ?

— Ce que je sais, moi ! Je suis arrivée alors qu'elles se lançaient des insultes vulgaires à la tête : vache, grenouille, j'en passe et des meilleures. C'est à ce moment-là que j'ai dû déclencher l'alarme parce qu'elles ont aussitôt baissé le ton et, une seconde plus tard...

— Oh, c'est *affreux* pour toi, Eric ! Tu es bien sûre que tu ne ferais pas mieux de prendre un bon bain chaud ? Sinon tu risques d'attraper froid.

— Tais-toi donc un peu et laisse-moi réfléchir. Je n'ai pas l'intention de me laisser berner par ces bonnes femmes. Il est clair qu'elles mijotent une nouvelle entourloupe et, en tant que citoyennes responsables, nous devons tout tenter pour les faire échouer.

Le commissaire divisionnaire Delphick avait ample matière à réflexion en rentrant à Scotland Yard de la demeure historique classée que sir Wilfred Thumper habitait à Kensington avec son épouse Lavinia (une Bockleton du Shropshire, dotée d'une grosse fortune) et sa fille Patricia. Après sa conversation avec le directeur adjoint, le divisionnaire allait téléphoner pour prendre rendez-vous avec le juge quand celui-ci l'avait devancé. M. le juge Thumper ne s'était pas embarrassé de politesses :

— C'est vous, Delphick ? Wilfred Thumper. Je veux vous voir immédiatement. Je vous attends chez moi dans une demi-heure.

Delphick était doué d'un caractère égal et se laissait rarement aller à la colère. N'empêche qu'il était d'une froideur glaciale en arrivant chez le juge. Mais à peine eut-il entrevu l'homme qui l'avait convoqué qu'il oublia son irritation, en dehors même du fait que le juge l'accueillit en disant : « Grâce à dieu, vous voilà ! » Thumper était visiblement au bout du rouleau et Delphick n'eut pas besoin d'en chercher la raison quand il lut la lettre arrivée au deuxième courrier de ce matin-là, que le juge lui fourra dans les mains aussitôt qu'ils se trouvèrent dans le secret de son bureau.

Le cachet de la poste figurant sur l'enveloppe brune bon marché indiquait que la lettre avait été postée dans le SW6 de Londres, à temps pour la dernière levée de la veille au soir. Si l'enveloppe et le papier ligné qu'elle contenait ressemblaient à ceux qu'examinaient actuellement les experts de la police scientifique, le message était le plus sinistre que le juge eût reçu jusqu'alors, et suffisamment court pour que Delphick s'en souvînt :

THUMPER, SALOPARD ! ÇA T'A PLU DE LA VOIR PERDRE ? C'ÉTAIT UN VRAI PLAISIR DE VOIR TA TROMBINE ET JE LUI AI JUSTE COLLÉ MAL AUX BOYAUX, POUR CETTE FOIS. ATTENDS UN PEU QUE JE M'Y METTE POUR DE BON !

Trish Thumper avait, paraît-il, déclaré après le match que son indisposition était sans doute due à quelque chose qu'elle avait mangé ; c'était une sacrée malchance bien sûr que ça l'ait prise à un moment aussi crucial, mais ce n'était jamais qu'un petit mal de ventre et elle serait en pleine forme après une bonne nuit de sommeil. Elle avait en effet prétendu, en se levant ce matin-là, qu'elle se sentait beaucoup mieux, quoique un brin nauséeuse, et elle se reposait dans sa chambre.

Quand son père avait lu la lettre, il avait aussitôt voulu envoyer sa fille à la *London Clinic* pour faire procéder à des examens, mais Trish, qui était une forte personnalité, avait fermement refusé. Thumper ne pouvant lui expliquer pourquoi il était dans un tel état, les choses en étaient restées là pour le moment. Bon, songea Delphick, grâce à ça, au moins, ce vieux ronchon sera plus réceptif à l'idée que, pour l'instant, il vaudrait mieux confier sa fille aux Colveden, à Rytham Hall. C'est sur le ton d'un enthousiasme presque pathétique que Thumper se déclara d'accord pour essayer d'organiser cela avec son vieil ami sir George.

En attendant, on allait devoir employer les grands moyens et se dépêcher d'identifier le bonhomme, songea Delphick. Celui-ci avait manifestement été présent au match-exhibition du *Hurlingham Club*, la veille dans l'après-midi, il avait assisté à la débâcle et posté sa lettre ensuite, dans les alentours immédiats du club. Qui plus est, il se prétendait responsable de la méforme inattendue et désastreuse qui avait frappé Trish au cours du jeu crucial.

Bon, ce n'était pas forcément vrai : il n'avait peut-être rien à voir là-dedans. Ça peut arriver à tout le monde d'avoir un sacré mal au bide en plein milieu d'une activité physique éreintante, dans la chaleur d'une soirée d'été. Le mystérieux individu avait peut-être simplement constaté que Trish s'était soudain sentie mal après avoir bien joué ; pigeant ce qui se passait, il avait vu là l'occasion d'affoler Thumper davantage en s'attribuant le mérite de la chose — façon de parler. D'un autre côté, il se pouvait qu'il eût trouvé moyen de s'arranger pour lui refiler une espèce de boisson contenant un laxatif.

Une chose était claire malgré tout, quelle que fût la véritable explication : on avait affaire à quelqu'un de plus redoutable qu'on ne l'avait supposé d'abord. Un homme terriblement motivé, assurément, et qui savait s'y prendre pour faire monter la pression.

Lady Colveden reposa sa petite pelle et se rassit sur ses talons, confortablement agenouillée sur le vieux morceau de tapis dont elle se servait pour jardiner. Elle savait que son mari avait quelque chose qui le travaillait quand il venait traîner par là et se mettait à siffloter n'importe quoi en tripotant ses clés dans sa poche.

— Qu'est-ce que tu as, George ? Tu as cassé une assiette ou quoi ?

— Une assiette ? Quelle assiette ? Pourquoi diable m'accuses-tu tout d'un coup d'avoir cassé une assiette ? À t'entendre, on croirait que je passe mon temps à massacrer de la vaisselle ! Dis donc, je n'ai rien cassé depuis...

— Avant-hier. Très bien, je te prie de m'excuser. Tout de même, tu n'as pas l'air d'avoir la conscience tranquille.

Meg Colveden leva un regard affectueux sur le vieux monsieur en costume de tweed, venu traîner ses guêtres dans le coin où elle jardinait. Il avait beau être major général en retraite, décoré du *DSO*[1], chevalier commandeur de l'ordre de Bath et juge de paix, par-dessus le marché, il avait malgré tout l'air un rien penaud et elle savait d'expérience qu'il était sur le point de lui raconter des balivernes.

— Pas du tout, ma chère, pas du tout. En fait, je viens d'avoir le petit Thumper au téléphone. On a parlé de choses et d'autres, tu sais. Ça fait toujours plaisir de l'entendre.

— Vous ne deviez pas avoir tant de nouvelles à partager, vu qu'ils sont venus ici tous les trois la semaine dernière. Je me demande ce qu'il dirait s'il savait que tu l'appelles « le petit Thumper ». Il doit friser la soixantaine, après tout. Et, à mon humble avis, il ne s'est guère amélioré avec l'âge.

— Il a quatre ans de moins que moi, Meg. Une

1. *Distinguished Service Order* : médaille qui récompense des hauts faits dans la carrière militaire. (*N.d.T.*)

énorme différence quand on est gamins. Beaucoup de gens ne l'aiment guère, je le sais. Une sorte de sauvage au tribunal, à ce qu'il paraît, mais j'ai toujours pensé qu'il n'était pas mauvais bougre, bien qu'un peu lent à la détente. J'ai dû lui caresser les côtes plusieurs fois pour lui faire comprendre qu'on doit tartiner la confiture jusqu'aux bords de la tranche de pain grillé, mais ensuite, plus le moindre problème. Et, bizarrement, il semble avoir gardé un certain respect à mon égard, tu sais. Je ne vois pas pourquoi, mais c'est comme ça.

— Un certain respect ! Il te vénère comme un héros, George ! Si je ne te connaissais pas mieux, je risquerais... Bon, à part ça, qu'est-ce qu'il voulait ?

— Voulait ? Oh, rien de particulier. Il a des billets pour ce festival d'opéra dans le Sussex, là où vont les gens chics. Il voulait savoir si on aimerait y aller.

— À Glyndebourne ? Mais c'est merveilleux ! On serait plus que ravis d'y aller, George !

— Ah oui ? Ah bon. Je n'ai peut-être pas eu l'air très enthousiaste mais, de toute façon, j'ai promis de le rappeler, expliqua sir George qui remua nerveusement les pieds et s'éclaircit la gorge. Bon, je me demandais ce que tu penserais d'inviter Patricia à passer quelques jours chez nous.

Voilà, il avait enfin lâché le morceau et se sentait beaucoup mieux.

— Et pourquoi ça ?

— Pourquoi pas ? Je l'ai trouvée charmante quand ils sont tous venus prendre le thé. Et, si je ne me trompe, Nigel avait l'air plutôt entiché d'elle.

Lady Colveden se releva et lissa ses vêtements pour les dépoussiérer :

— Mon pauvre George, Nigel s'entiche de toute jeune fille présentable qui se trouve dans un rayon de un kilomètre. Et c'est certes la première fois que je te vois manifester la moindre inclination à jouer les entremetteurs. Cela dit, Patricia est une jeune fille bien, quoique un brin exubérante, et je n'ai pas la moindre objection si tu veux l'inviter et qu'elle a envie de venir. Mais tu vas devoir trouver de meilleures raisons que celles-ci !

— Ah ! Hum. Oui, bon, apparemment elle n'est pas très en forme. Pas mal de stress, avec Wimbledon qui approche, tu sais. Une petite cure d'air de la campagne pourrait lui remettre du rose aux joues, non ? Et, a précisé Thumper, ce n'est pas très loin de Hastings, où elle doit se rendre pour un tournoi ou autre chose. Et, maintenant que j'y pense, ce fameux Glyndebourne où tu as l'air d'avoir si envie d'aller, ça n'est pas si loin non plus, et Nigel pourrait toujours...

— George, tu noies le poisson ! Arrête. Il est évident que vous tramez quelque chose, Wilfred et toi, et si tu n'es pas disposé à m'en parler je percerai moi-même le mystère. Bon, maintenant va lui dire que nous serons heureux d'accueillir Patricia chez nous aussi longtemps qu'elle le souhaitera et que, oui, nous serions ravis d'aller à Glyndebourne. Au fait, j'aurai sans doute besoin d'une nouvelle robe à cette occasion.

CHAPITRE V

William Parsons rentra l'ambulance dans le garage de la petite station d'ambulances de Cranhurst, fit les vérifications qui s'imposent en fin de service et ferma à clé. Puis il enleva son uniforme dans le petit vestiaire exigu et jeta un coup d'œil sur sa montre avant d'inscrire son nom et son heure de départ sur la feuille de service. Jeudi soir, juste après dix-huit heures, et on ne l'attendait plus avant le lundi matin.

Cranhurst était une ville de marché, trop petite pour avoir son propre service d'ambulances fonctionnant vingt-quatre heures sur vingt-quatre. Cette partie du Sussex était donc desservie par East Grinsted, et Parsons et les deux autres conducteurs permanents basés à Cranhurst passaient le plus clair de leur temps à transporter des vieillards entre l'hôpital, le centre de soins de jour et la maison de repos, ou à emmener des patients suivre leur traitement à l'hôpital et à les ramener chez eux. Une infirmière les accompagnait parfois mais les conducteurs travaillaient en général seuls, ce qui arrangeait parfaitement Parsons. Il aimait bien les vieilles gens, même ceux qui étaient un peu gagas ; il se rappelait les noms et les doléances de ses habitués et écoutait patiemment leurs radotages.

Il avait eu de la chance de trouver ce boulot à sa sortie de prison, six mois plus tôt, et il le savait. Ce n'est pas facile pour un ex-tôlard de trouver un emploi stable et respectable, même quand on a fait des études et qu'on ne s'est pas rendu coupable de voies de fait. Son agent de probation, ayant pris la peine d'examiner son passé, s'était montré compréhensif et l'avait bien aidé. Du reste, il n'avait pas eu trop de mal à le faire entrer dans le service d'ambulances du comté du Sussex car, si l'on voulait oublier le séjour de Parsons en prison, il était parfaitement qualifié pour ce travail.

Il ne devait pas y avoir une foule de postulants à la fonction de conducteur d'ambulance qui aient réussi avec mention les examens de secouriste de la *St John's Ambulance Brigade*, et qui aient en plus travaillé comme instructeurs bénévoles. Si seulement Audrey n'avait pas divorcé, les choses auraient pu être tout autres ! Elle ne l'aurait sûrement pas fait sans cette peine de prison ferme. Et il n'aurait pas rencontré son compagnon de cellule, Norman Proctor qui, tel qu'il le connaissait, devait être arrivé au *Goat and Compasses* à l'heure pétante où le pub ouvrait. Lui dont l'aide était essentielle à la réussite du plan que William nourrissait depuis si longtemps...

— T'as perdu douze minutes et demie du temps précieux[1] qu'on a pour pintocher, mon pote ! s'écria Norm. Approche donc un tabouret par ici et viens faire la connaissance de 'Arvey[1]. Arve, j'te présente Bill.

---

1. L'histoire se déroule à l'époque où les pubs avaient encore des heures d'ouverture et de fermeture strictes et limitées. Norm est un *cockney* (équivalent londonien du Parigot) qui escamote les *h*, comme dans le nom de Harvey. (*N.d.T.*)

— Enchanté, déclara Harvey, tendant une main molle que Parsons serra aussi brièvement que possible.

Norm lui avait dit qu'il allait amener un ami, mais sans préciser que la personne en question aurait du mascara aux yeux et des boucles d'oreilles, des cheveux teints en blond avec des reflets roses, une chemise à volants ouverte presque jusqu'à la taille et un pantalon de velours moulant, à pattes d'éléphant.

— Cherche donc une bière pour l'ami, 'Arve, ordonna Norm.

Harvey se leva illico, se dirigea vers le bar d'un pas ondulant et frôla Parsons au passage, non sans le gratifier d'un sourire à vous faire fondre sur place et d'un battement de cils enjôleur.

— T'en fais pas, Bill, reprit Norm quand Harvey fut assez loin pour ne pas l'entendre. J'sais qu'il a une dégaine de tantouse, mais y connaît son affaire, 'Arvey. J'ai vu sa mère, une fois. Une fameuse surprise, que c'était, fit-il avec un clin d'œil à Parsons. Ça a dû être une sacrée louloute dans son temps, ou je m'y connais pas !

— J'espère que tu lui as rien dit de mon affaire, Norm.

— Nôôn. Pas besoin pour l'instant. Attends un peu : t'y feras confiance, quand que tu le connaîtras. Et pis, on sait jamais : si que c'est vrai, ce que j'ai entendu dans ce club de tennis chicos, une jolie p'tite tapette comme not' jeune 'Arvey, ça peut nous être bien utile, par la suite. Ah, te v'là ! T'as pris ton temps, pas vrai ?

Harvey posa devant Parsons un verre de bière rempli à ras bord et se glissa de nouveau sur son siège avant de s'adresser à lui d'un ton enthousiaste :

— Voyons, très cher, je suis sûr que Norman vous a raconté des horreurs sur mon compte. Il est d'une vulgarité folle, vous savez, mais on ne peut pas se passer l'un de l'autre dans notre business. Et je suis certain que nous allons merveilleusement nous entendre, vous et moi. C'est terriblement excitant de penser que vous allez nous servir de chauffeur dans cette partie du monde. La créature qu'on avait dans les Midlands était plutôt gentille, à sa manière, mais un véritable *désastre* au volant.

— Comme que j't'ai dit, Bill, quand qu'on a causé l'aut' jour, au tennis. 'Arve et moi, on est allé repérer des églises, fit-il, un air de gravité balayant ses traits pâles mais animés, tandis qu'il hochait lentement la tête. C'est triste à dire, mais y a bien plus de gens à la main leste que dans l'temps, mon vieux pote. Pas comme avant, où ce qu'un gars, y pouvait être sûr de rentrer dans une maison du bon Dieu à n'importe quelle heure pour faire un p'tit tour et ressortir avec un joli p'tit chandelier ou une aut' bricole. Eh non, celles des villes, elles sont pratiquement bouclées tout l'temps, sauf le dimanche. Jour et nuit que c'est verrouillé ! Et par-dessus l'marché, toute la bonne camelote, y te la planquent à la banque. Je vous d'mande, moi, c'est-y une façon de rend' grâce au Très-Haut, hein ? Et ça devient comme ça tout partout dans l'pays. Alors, 'Arve et moi, on a intérêt à se magner un peu le train, tu piges ?

— Ce que Norman essaie d'expliquer, mon cher, à sa manière rude et fruste, c'est que la course a commencé et que ce sont les rapides qui gagneront. Il reste encore pas mal de belle argenterie qui *attend* dans des églises pas fermées, dans des petits bleds hors des sentiers battus, et de charmants pasteurs et sacristains ignorants des voies du monde qui *ne demandent pas mieux* que d'être soulagés de ces objets, voyez-vous. Mais de méchantes compagnies d'assurances soupçonneuses commencent à les tarabuster pour qu'ils bouclent les portes la nuit et installent des systèmes d'alarme ; alors, il faut se dépêcher d'engranger pendant que le soleil brille encore. Notre pauvre ignorant de Norman ne sait pas distinguer un calice d'un chauffe-plat, ou la marchandise qu'on peut fourguer de celle qui nous ferait pincer par les cognes, alors c'est là que j'interviens.

— L'a été à Oxford, lui, renchérit fièrement Norm. Y lit des livres et tout ! Et là où que t'interviens, *toi*, mon grand, c'est comme chauffeur de nuit et comme sentinelle. On a repéré trois beautés, à moins d'un million de kilomètres d'ici, des trucs qu'on peut embarquer que quand qu'il fait nuit, tu piges ? Tout dans la même nuit, on s'emmerde pas. Et si que t'es partant pour nous aider, sans poser d'questions, eh bien, ça devrait pas être un problème pour le p'tit coup de main que toi t'as besoin.

Le commissaire Chris Brinton, de la division d'Ashford au commissariat central du comté de Kent, était sur le divan, en train de faire un petit câlin à Mrs. Brinton, de dix ans sa cadette, quand le téléphone sonna. C'était son anniversaire, après tout. Ils avaient bu une bouteille de vin à dîner et, de fil en aiguille... Ça changeait agréablement Mrs. Brinton d'avoir droit à un petit échauffement avant de monter se coucher ; elle fit la grimace en relogeant son sein droit dans le soutien-gorge d'où son mari l'avait débusqué et entreprit de reboutonner sa blouse. Mais la redéboutonna illico en voyant Chris lui faire non de la tête avec véhémence tandis qu'il décrochait le téléphone. Zut alors ! Si on ne peut même plus s'envoyer en l'air tranquillement dans son propre salon, où va-t-on ! pensa-t-elle.

— Brinton.

— Dis donc, ne prends pas un ton aussi sinistre,

Chris ! On a tous notre croix à porter. C'est moi, Delphick. Désolé de te déranger à la maison.

— Ah, salut l'Oracle, répondit Brinton, détournant les yeux du spectacle de sa femme qui risquait de distraire son attention.

Ce qu'il avait voulu lui dire par signes tout à l'heure, c'est que ce serait sympa qu'elle restât étendue sur le divan, les joues roses, impatiente, mais il ne souhaitait tout de même pas qu'elle se lève et vienne parader devant lui en enlevant sa blouse avec des gestes langoureux.

— Je peux faire quelque chose pour toi ? demanda-t-il.

Delphick, seul dans son bureau de Scotland Yard, était pris de court par cette sécheresse de ton inhabituelle chez son vieil ami.

— Écoute, si je te dérange à un mauvais moment, dis-le.

— Non, non... vas-y, souffla Brinton d'une voix rauque.

Mrs. Brinton avait laissé glisser sa blouse sur le tapis et ses bras ondulaient maintenant derrière son dos pour dégrafer son soutien-gorge. Il ferma les yeux, se racla la gorge avec un bruit de tonnerre et essaya de se concentrer sur la calme voix qui parvenait à son oreille.

— Ah bon, vraiment ? reprit Brinton. Ouais. Quoi ? Non, rien de spécial. Les ennuis habituels. Un ou plusieurs types qui piquent des trucs dans les églises. Embêtant, mais pas de quoi parler d'une vague de criminalité, non, fit-il, ouvrant un œil pour le refermer aussitôt, très vite.

Bon dieu ! Le soutien-gorge était sur l'accoudoir du divan, la jupe par terre, à côté de la blouse, et Mrs. Brinton était en train d'effeuiller ses bas, tout en passant la pointe d'une langue humide sur ses lèvres.

— Ouais. D'accord, merci de me le dire. J'en toucherai un mot à ce vieux Colveden demain matin et, ngrrrr... mrrlfff... !

Un fracas épouvantable retentit soudain dans l'écouteur de Delphick qui se hâta de l'éloigner de quelques centimètres :

— Chris ! Ça va ? Chris ?

Il prêta l'oreille, très attentivement. Brinton avait manifestement laissé tomber le téléphone, mais pourquoi ? D'abord le silence... mais non, finalement. Un bruit lointain, comme des gens qui se battent au corps à corps ? Une respiration essoufflée ? Un halètement ? Des chuchotements rauques ? Une voix de femme ? Un rire de gorge bien distinct, cette fois... Oh, nom d'un chien ! Delphick, un petit sourire aux lèvres, reposa doucement le combiné sur son support. Ce bon vieux Chris, qui l'eût cru ? Et à vingt heures quarante-cinq...

Après un temps de réflexion, Delphick décrocha de nouveau le téléphone et composa un autre numéro du Kent. Quelle que fût l'activité qui occupait Miss Emily D. Seeton à cette heure-ci, ce ne serait sûrement pas une partie de jambes en l'air.

— Allô, Miss Seeton ? Bonsoir, ici Delphick, de Scotland Yard. Je me suis dit que j'allais vous appeler pour prendre de vos nouvelles et bavarder un peu. J'espère que je n'ai pas choisi un mauvais moment ?

— Mr. Delphick ! Pas du tout, je m'amusais juste à faire quelques esquisses avant l'heure de mon cacao vespéral. Quelle agréable surprise de vous entendre ! Dire que nous parlions justement de vous, cet après-midi, peu après que j'eus renversé la carafe d'eau sur la tête de Miss Nuttel. Je venais de lui expliquer la différence entre Tête de vache et Grenouille, voyez-vous, quand j'ai remarqué par hasard...

— Excusez-moi, mais qu'étiez-vous *au juste* en train d'expliquer à Miss Nuttel ?

— Non, pas à Miss Nuttel, à Miss Forby. Elle se souvenait de Tête de vache, à la suite de notre première rencontre mais, évidemment, il y a au moins quatre-vingt-quatre postures bien connues dans le yoga.

— Ah, le yoga ! À présent je vous suis. Tout au moins, je le crois. Donc, ce n'est pas avec Miss Nuttel que vous avez parlé de moi. Je dois dire que j'en suis plutôt soulagé.

— Oh, mon dieu, non ! Je crains qu'elle et Mrs. Blaine ne cherchent plutôt à m'éviter, on dirait. Je suis donc d'autant plus étonnée de ce qui s'est passé. Je pratiquais la posture de la Grenouille, que Miss Forby a prise par erreur pour celle de la Tête de vache, quand j'ai remarqué par hasard que l'eau que j'avais préparée hier soir était restée sur ma table de nuit. Alors je l'ai vidée par la fenêtre sur mon massif de plantes vivaces, comme d'habitude, à mille lieues d'imaginer que Miss Nuttel était dehors. C'est pour économiser l'eau, voyez-vous. Pendant la période de sécheresse.

Delphick avait l'impression de s'enliser — comme souvent quand il parlait avec Miss Seeton — et, en homme soucieux de ne pas mélanger ses métaphores, il décida d'abandonner l'exécrable Miss Nuttel à son sort — nage ou noie-toi ! — et de se raccrocher lui-même à la seule bouée de sauvetage qui semblait flotter près de lui.

— Vous avez dû être contente de revoir Miss Forby. Est-elle venue dans un but précis, ou parce qu'elle passait par là ?

— Eh bien, Mr. Delphick, si vous n'étiez pas un

de ses amis, vous aussi, j'hésiterais à vous le dire, mais j'ai l'impression qu'il y a quelque chose qui la travaille à propos de Mr. Banner. De fait, elle a surtout parlé de sir Wilfred Thumper. Le juge, vous savez. J'ai le sentiment qu'elle l'aime beaucoup mais il ne semble pas lui avoir témoigné le même genre d'intérêt jusqu'ici.

Delphick ferma les yeux très fort et compta jusqu'à cinq avant de répondre.

— Voyons, Miss Seeton, je vous connais depuis trop longtemps pour être tenté de suivre la piste évidente. Vous ne cherchez pas à suggérer que Mel Forby serait amoureuse de Wilfred Thumper, non ? Vous voulez parler de Thrudd Banner, n'est-ce pas ?

— Amoureuse de sir Wilfred ? Grand dieu, non, bien sûr que non ! Bien que Miss Forby — et Mr. Banner, d'après ce qu'elle m'a dit — aient l'air de fort s'intéresser à sir Wilfred. Ils auraient d'une manière ou d'une autre eu vent de, euh, d'un secret inavouable le concernant.

Delphick serra le combiné dans sa main. Nom de nom, si ces deux-là avaient déniché quelque chose sur le chantage, autant diffuser tout de suite un communiqué de presse ! Il fit un énorme effort de volonté pour parler d'une voix égale :

— Vraiment ? Et quel genre de secret inavouable ?

— Je n'en ai pas idée, Mr. Delphick. Miss Forby a fait allusion à une éventuelle erreur de jeunesse, mais je ne vois pas pourquoi elle s'imagine que je serais capable de l'éclairer là-dessus. Le hasard veut que j'aie fait la connaissance du juge ces derniers temps — c'est un vieil ami de sir George Colveden — mais je peux difficilement me targuer de le connaître, du simple fait que j'ai pris le thé en sa compagnie ! Dites-moi, Mr. Delphick, quand avez-vous goûté du vrai *lemon custard* à l'ancienne pour la dernière fois ? J'ai suggéré au pasteur que ça avait peut-être une signification particulière pour sir Wilfred. Comme la *madeleine de Proust**, vous savez...

— Je suis désolé de vous interrompre, dit Delphick qui dut déglutir parce que la pensée du *lemon custard* l'avait fait saliver, mais c'est vraiment bizarre : j'allais justement vous demander si vous connaissiez les Thumper. Leur fille a acquis une certaine notoriété depuis un an, en tant que joueuse de tennis.

— Patricia, ou Trish, comme elle préfère qu'on l'appelle. Mais oui, elle était à Rytham Hall avec ses parents pour prendre le thé. Et elle a très généreusement organisé les choses pour que Nigel nous accompagne hier — le pasteur, sa sœur et moi — au *Hurlingham Club*, à Fulham, pour la voir jouer. Et elle jouait très bien quand, hélas, elle s'est apparemment sentie mal, soudain, et elle a perdu. Une crampe, a dit Nigel, mais le pauvre garçon était si déçu pour elle qu'il a sans doute lancé la première chose qui lui passait par la tête. Elle a perdu face à une Américaine du nom de Nancy Wiesendonck, aurais-je dû préciser. Un nom peu banal : je me suis demandé si elle avait un lien de parenté avec la muse de Wagner. Peu importe, il est très heureux, maintenant que Patricia a été invitée à séjourner à Rytham Hall. Nigel, je veux dire.

Delphick compta de nouveau jusqu'à cinq, et recompta jusqu'à trois, en plus, pour faire bonne mesure.

— Euh, Miss Seeton, vous ai-je bien entendue ? Vous êtes au courant que Trish Thumper va séjourner chez les Colveden ? Comment ?

— Comment, Mr. Delphick ? Eh bien, ce ne sera pas un gros dérangement pour eux, certainement. Il doit y avoir plusieurs chambres d'amis dans une si grosse demeure et puisqu'elle est la fille d'un des plus vieux amis de sir George, je suis sûre...

— Comment l'avez-vous su, voulais-je dire ?

— Eh bien, Nigel est venu nous l'annoncer cet après-midi, dès qu'il l'a lui-même appris. C'était assez touchant. Il débordait d'enthousiasme. J'espère sincèrement qu'il n'essuiera pas une autre déconvenue. Peut-être que cette fois, les deux jeunes gens...

— Miss Seeton, je suis navré de vous interrompre de nouveau, mais vous avez dit « nous ». Est-ce que cela signifie que Nigel Colveden l'a aussi annoncé à Mel Forby ?

— Mais bien sûr, Mr. Delphick. Et pourquoi pas, mon dieu ?

Delphick réprima le gémissement qu'il sentait monter en lui et réfléchit à vitesse grand V. C'était déjà suffisamment embêtant que Mel Forby et Thrudd Banner fussent sur une piste à propos de Thumper père, bien que, grâce au ciel, cette piste relevât plus du passé que du présent. (Ce serait intéressant de savoir de quoi il s'agissait, mais ça devrait attendre.)

On frisait néanmoins le désastre, maintenant que Mel Forby savait que Trish Thumper allait se terrer à Rytham Hall — on lui avait carrément servi le renseignement sur un plateau ! Ces gens-là n'étaient pas de vulgaires scribouillards à la petite semaine mais des journalistes intelligents, curieux et tenaces.

— Euh, hum, aucune raison, je suppose, finit-il par répondre. Juste que j'avais l'impression que la jeune fille souhaitait que sa visite soit aussi incognito que possible. Vous savez, pour se soustraire aux attentions de la presse pendant qu'elle s'entraîne en vue du grand jour, à Wimbledon.

— Oh, mon dieu !

— Ne vous en faites pas, j'en toucherai peut-être deux mots moi-même à Miss Forby. Au fait, Miss Seeton, pas besoin de lui dire que nous avons eu cette petite conversation. Bon, en tout cas, moi, je me réjouis de revenir bientôt à Plummergen, pour le mariage, et de vous y revoir. Tout le village ne parle sans doute plus que de ça, non ?...

Dix minutes plus tard, Delphick raccrochait enfin. Il se frotta les yeux, tâchant de s'adapter à la situation nouvelle, telle que l'avait décrite Miss Seeton. Ça ne servait à rien de s'affoler. On arriverait peut-être à persuader Mel Forby et Thrudd Banner de collaborer, au moins pour un temps, pourvu qu'on leur offrît des incitations suffisantes. Quant à Miss Seeton, eh bien, elle devait avoir la tête si farcie de tous les bavardages circulant dans le village à propos des noces prochaines de Bob Ranger et d'Anne Wright, la fille du médecin de Plummergen, qu'elle ne trouverait rien de bizarre à leur conversation et ne s'en souviendrait pas. Pas consciemment, du moins. Mais si elle voulait faire travailler son subconscient, alors là, tout à fait d'accord : c'était justement pour ça que Scotland Yard la rétribuait.

CHAPITRE VI

Avant même que Nigel Colveden ne passe à *Sweetbriars* prendre le thé avec une tranche du célèbre cake aux fruits de Mrs. Bloomer, Mel Forby était en train de se dire que, comme toujours, il y avait suffisamment de « vibrations » intéressantes autour de Miss Seeton pour que ça valût la peine de passer un jour ou deux à Plummergen. Les nouvelles que Nigel annonça avec tant d'enthousiasme ne lui laissèrent plus de doute : sa place était ici. C'est ainsi qu'en fin de journée elle prit une des meilleures chambres du *George and Dragon* et donna deux coups de fil.

Le premier était destiné au rédacteur en chef du *Daily Negative*, un homme qui impressionnait fort la plupart des collègues de Mel. L'ayant pour sa part trouvé assez redoutable au début, elle savait maintenant exactement comment s'y prendre avec lui. Le rédacteur en chef, quant à lui, avait appris à l'apprécier et à ne pas lui poser trop de questions sur ses projets. Il lui suffirait de savoir qu'avec un peu de chance, Miss Emily D. Seeton, alias le Pébroque vengeur, ne tarderait pas à repartir en campagne et ferait l'objet d'un reportage exclusif signé par sa chroniqueuse vedette. Mel reçut l'assurance que ses frais seraient couverts pendant tout le temps qu'elle souhaiterait rester à Plummergen.

Son deuxième appel fut bref : elle laissa un message pour Thrudd Banner à son hôtel de Bonn. Mel remarqua le respect avec lequel la réceptionniste avait prononcé le nom de Herr Banner qui ne la rappela que tard dans la soirée, mais elle ne regretta pas d'avoir attendu. Le chancelier allemand s'étant apparemment montré fort communicatif, Thrudd pouvait s'attendre à gagner beaucoup d'argent avec son article et il avait fêté l'événement avec un excellent repas, dignement arrosé de crus de qualité. Sa belle humeur levant ses inhibitions, il avait dit une ou deux choses qui avaient fait rougir Mel dans le secret de sa chambre d'hôtel et l'avait rendue plus impatiente que jamais de le revoir — à Plummergen, du reste, car Thrudd jura d'être de la partie qui semblait se tramer, dès son retour en Angleterre, dans un ou deux jours.

C'est ainsi que, considérant la vie, le lendemain après-midi, Amelita Forby la trouva belle et bonne, même dans le cadre moins que sélect de la salle des fêtes de Plummergen qui avait vu des jours meilleurs, il y a fort longtemps...

Les scouts avaient cessé de s'y réunir deux fois par semaine, ayant déménagé toutes leurs affaires après la construction de leur hutte, trois ans auparavant. Ils avaient cependant laissé derrière eux le soupçon tenace d'une odeur de sueur refroidie et leur vieille pancarte en aggloméré. Celle-ci était restée en place parce que malcommode à enlever, accrochée trop haut au mur enduit de plâtre d'un jaune crème anglaise qui avait viré au brunâtre pisseux. De toute façon, elle était gondolée et miteuse. « LA 14e MEUTE DE SCOUTS DE PLUMMERGEN », proclamaient encore les lettres maladroites et passées, tracées en courbe pour former une sorte de halo au-dessus de la moitié supérieure de l'écusson fleurdelisé, dominant un parchemin déroulé sur lequel était écrit : « TOUJOURS PRÊT ! »

Mel Forby eût volontiers interrogé quelqu'un pour savoir ce qu'il était advenu des treize autres meutes de scouts dont l'existence était ainsi suggérée, au village ou dans les environs. Quel chiffre astronomique pour un si petit endroit ! Pourtant, malgré les nombreuses visites de Mel à Plummergen depuis que Miss Seeton s'était installée à *Sweetbriars*, jamais elle n'avait croisé ne serait-ce qu'un seul scout, sans parler de hordes kaki de gamins qui pètent le feu, spécialistes de nœuds en tout genre, improvisant des ponts de fortune, allumant des feux de camp ou aidant les vieilles dames à traverser la rue.

Un service qui serait sans doute utile dans le village, songea-t-elle, à en juger par l'âge apparent de certaines de ces dames, membres du *Women's Institute* [1] de Plummergen et réunies à l'occasion de l'assemblée trimestrielle chargée d'administrer les activités de l'Institut, sous la présidence de Miss Molly Treeves. Mel reconnut parmi les doyennes de la communauté Mrs. Wicks, qui marmonnait à travers son dentier mal fichu, et se demanda si celle-ci disait encore la bonne aventure avec des cartes. Elle n'avait qu'un souvenir vague des autres, foule fragile qui fonctionnait comme une sorte de chœur grec, présent à l'arrière-plan quand il se passait quelque chose d'important à Plummergen.

Certes, on pouvait difficilement imaginer Miss Treeves ayant besoin d'aide (ou l'acceptant) pour tra-

1. Association féminine, devenue une vénérable institution, qui compte des groupes jusque dans les plus petits villages et permet aux femmes de se retrouver entre elles pour se cultiver, se divertir, etc. (*N.d.T.*)

verser la rue ou pour toute autre chose. Car elle était à la pleine fleur d'un âge aux rondeurs généreuses et fermement corsetées, resplendissante ce jour-là en robe de soie fleurie, barrée de l'écharpe de sa fonction, et coiffée d'un petit chapeau de paille audacieux. En grande forme, qui plus est, tandis que, narines palpitantes, elle survolait du regard son auditoire de quelque trois douzaines de femmes et ouvrait la séance.

— Bonjour à vous toutes. Avant de demander à la secrétaire et à la trésorière de nous lire leurs rapports, je tiens à souligner le plaisir que j'ai d'accueillir l'invitée qui va nous parler aujourd'hui, une invitée très spéciale ! renchérit Miss Treeves qui se tourna vers Mel installée à côté des membres du conseil d'administration, elles-mêmes assises face aux adhérentes de base, et la gratifia d'un sourire de dame affairée, légèrement menaçant. Comme certaines d'entre vous le savent déjà, Mr. Windrush, des pépinières Easigro, qui devait nous parler aujourd'hui, a semble-t-il été retenu par des obligations urgentes. Mais nous sommes loin d'être sans recours puisque la célèbre Miss Amelita Forby du *Daily Negative*, dont les articles ont des millions de lecteurs, nous a très aimablement permis, et au pied levé, de profiter d'elle... je veux dire, de profiter du fait qu'elle se trouve justement à Plummergen aujourd'hui, et nous aurons ainsi le plaisir de l'entendre après l'assemblée...

— Un rappel à l'ordre, madame la présidente !

L'interruption venait d'Erica Nuttel, entrée précipitamment dans la salle, Norah Blaine dans son sillage. Dressée à la porte avec un bel effet dramatique, elle se tenait là, telle la messagère d'un sort funeste, le bras tendu, l'index pointé sur Mel :

— Cette femme...

— Vous n'avez pas le droit de faire un rappel à l'ordre, vous n'êtes même pas assise et, de toute façon, nous n'avons pas encore commencé l'assemblée, répliqua Miss Treeves, le poitrail vibrant, une étincelle de plaisir s'allumant dans son regard à la perspective d'en découdre.

— Oh, mais si, que j'ai le droit ! J'ai consulté l'exemplaire des *Robert's Rules of Order* qui se trouve dans les ouvrages de référence de la bibliothèque publique de Brettenden et...

— Quoi qu'il en soit, Miss Nuttel, je *possède* un exemplaire de l'ouvrage en question — la dernière édition — et ma décision est que votre intervention est tout à fait *déplacée*. Faire irruption dans la salle de la sorte ! Asseyez-vous donc et attendez qu'on demande s'il reste des questions à traiter. Bon, je demande maintenant à la secrétaire de nous présenter son rapport. Venez donc, Mrs. Stillman.

Les adhérentes dans leur ensemble poussèrent un soupir de soulagement et frétillèrent d'aise sur leur siège. Premier round pour Miss Treeves, dans une rencontre qui promettait d'être particulièrement intéressante et que personne ne tenait à clore trop rapidement. Miss Nuttel, bien que momentanément réduite au silence, garda quelques secondes son index frémissant pointé sur Mel Forby. Puis, ayant repéré deux chaises vides au dernier rang, elle y remorqua Mrs. Blaine, s'assit et se rendit compte, mais un peu tard, que le siège choisi se trouvait à côté de celui de Mrs. Bloomer, et à deux chaises de celui de Miss Seeton. Cette dernière se pencha légèrement en avant et lui adressa un aimable salut de la tête, pardessus sa voisine, mais les Cinglées affectèrent de ne pas la voir. Pendant ce temps-là, Mrs. Stillman, de la poste, qui pouvait assister à la réunion en sa capacité de secrétaire honoraire parce que c'était le jour où elle fermait tôt, se leva docilement, remonta ses lunettes sur son nez et remua bruyamment ses papiers.

— Madame la présidente, mesdames, nous avons connu un printemps bien rempli et heureux. Nous avons célébré, peu après notre dernière réunion, le quatre-vingt-cinquième anniversaire d'un des piliers de notre communauté, Mrs. Morgan, que nous connaissons mieux sous le nom de notre chère Flo. À cette occasion, nous avons pu admirer la façon dont elle a soufflé les huit grosses bougies et les cinq petites ornant le splendide gâteau fait par Mrs. Bloomer, avec des ingrédients aimablement offerts par lady Colveden, et nous n'oublierons pas de sitôt la manière dont notre chère Flo nous a fait mourir de rire en racontant, tandis que nous dégustions la limonade maison de notre présidente, comment elle avait égaré son livret d'allocations de vieillesse, il y a quelques années. Sur une note plus sérieuse, je dois vous rapporter que le secrétaire de mairie de Brettenden a pris acte de nos protestations quant à la nature inconvenante de certaines petites annonces privées, affichées devant le bureau de tabac qui se trouve près de l'arrêt de bus de la Grand-Rue...

— Scandaleux ! Je t'en ficherais des « Poserais en uniforme de contractuelle » !

Miss Treeves s'apprêtait à fustiger cette interruption intempestive venue de l'auditoire mais, n'arrivant pas à identifier la coupable, elle décida de laisser passer la remarque, en tant qu'interpellation recevable d'une adhérente indignée. Il est vrai que certaines cartes proposaient des services de photo ou de message d'une nature fort suspecte, comme elle l'avait elle-même constaté en se rendant spécialement à Brettenden pour inspecter la chose.

D'autres petites annonces l'avaient pas mal intriguée. C'était plutôt bizarre que, n'étant pas loin de

Douvres et ses ferries, tant de dames avec des numéros de téléphone d'Ashford, de Canterbury et même de Brettenden arrivent à vivre de leçons particulières de français, non ? Surtout compte tenu de l'âge qu'elles mentionnaient, qui suggérait que leur qualification de professeur de langues était très récente. Pourtant, elles tenaient bien toutes à souligner qu'elles appliquaient une stricte discipline...

— ... mais a regretté qu'il n'y ait pas de raison légale qui justifie son intervention. Le concours de la plus belle composition de fleurs fraîches et séchées a attiré un nombre record de participantes, lut Mrs. Stillman sans trop s'appesantir sur la question (la publication des résultats ayant donné lieu à des scènes peu édifiantes), et nous sommes très fières d'annoncer que la belle composition de Miss Armitage, faite de fleurs blanches, crème et jaunes, pour dépeindre les étapes qui vont du lait au beurre, a remporté le deuxième prix au concours régional du *Women's Institute*, à Canterbury.

Miss Armitage était une âme tranquille qui donnait rarement matière à mécontentement à qui que ce fût et la nouvelle de son triomphe déclencha une vague d'applaudissements que Miss Treeves eut l'indulgence de laisser parvenir à son terme naturel.

— Le temps fort d'une réunion suivie par un large auditoire a été l'amusante causerie de Mrs. Threlfall, du groupe de broderie, intitulée « Point de croix pour les fidèles », et...

Non, c'est pas vrai, songeait Mel tandis que Mrs. Stillman continuait son rapport. Elles sont toutes folles à lier ! Et moi, je suis dingue de m'être laissé embobiner par *La** Treeves pour venir leur parler. Tout ça parce que je lui suis pratiquement rentrée dedans en sortant du jardin de Miss Seeton. Et que je n'ai guère fait attention à son baratin alors que j'avais la tête pleine des nouvelles concernant Trish Thumper. C'était, paraît-il, le tour de Miss S de fleurir l'église, et une espèce d'escroc qui leur avait promis une causerie intitulée « Tuyaux pratiques sur le rempotage » — sujet haletant, s'il en est — leur avait fait faux bond à la dernière minute. Ça ne m'a pas paru grand-chose sur le moment et je me sentais plutôt bien jusqu'à ce que rappliquent les Cinglées et que la bonne femme à l'air hommasse, en costume-pantalon, se mette à beugler...

Miss S a beau jeu, elle, assise là, tranquille comme Baptiste, à côté de Martha Bloomer, sans rien d'autre à faire que de câliner son fameux parapluie qui la suit partout. Cette dingue de Cinglée s'apprête visiblement à faire du grabuge, une fois de plus, et ça pourrait tourner à l'aigre pour ton matricule, Forby...

— ... et enfin, conclut la trésorière honoraire, propriétaire du magasin de tissus, qui avait succédé à Mrs. Stillman au pupitre et présenté un bilan positif encourageant, avec un actif de trente-quatre livres et soixante-sept pence, enfin, donc, le comité a noté avec plaisir qu'Anne Wright va épouser l'inspecteur Bob Ranger à l'église la semaine prochaine et je propose qu'on leur adresse un télégramme de notre part à toutes, pour exprimer nos félicitations et nos vœux de bonheur à l'heureux couple. Le message serait lu à la réception au *George and Dragon* et l'envoi serait aux frais de l'Institut.

— Qui veut soutenir cette motion ? demanda Miss Treeves.

Mrs. Potter leva timidement la main. En tant qu'épouse de l'agent Potter, le policier du village, elle estimait qu'il était de son devoir de manifester publiquement par ce geste son soutien à la police sous toutes ses formes, en particulier quand celle-ci souhaitait se marier à l'église de Plummergen.

— Objection ! tempêta de nouveau Erica Nuttel. La police porte une lourde responsabilité, pour avoir permis à votre fameuse invitée et à une certaine personne dont je tairai le nom, fit-elle en se tournant pour décocher un regard noir à Miss Seeton, d'attirer l'infamie et la honte sur ce village. Et ça ne m'étonne pas du tout qu'une certaine autre personne ait jugé bon de soutenir cette invraisemblable proposition visant à gaspiller nos ressources pour...

— *Toutes celles qui votent pour ?*

D'une splendide voix de stentor, la présidente noya jusqu'à la voix de Miss Nuttel et des mains se levèrent un peu partout dans la salle. La vieille Mrs. Wicks, qui n'avait pas bien compris la motion, fut un peu longue à la détente mais se joignit au reste de la compagnie quand sa voisine la poussa du coude.

— Contre ? s'enquit Miss Treeves d'une voix dont le volume avait considérablement baissé, souriant béatement en voyant Miss Nuttel lever le bras énergiquement tandis que Norah Blaine suivait avec moins d'entrain.

— Voté à l'unanimité.

— *Comment ?* C'est... c'est une parodie de démocratie ! Le comité national va entendre parler de ce qui s'est passé ici aujourd'hui...

— Voté à l'unanimité, répéta Miss Treeves. La trésorière honoraire m'a signalé trois mois de retard dans les cotisations de Miss Nuttel et de Mrs. Blaine qui n'ont donc pas le droit de voter à la présente assemblée. Et maintenant que j'y pense, il ne vous est pas accordé seulement le droit de parole, fût-ce au chapitre des questions restant à traiter. Mais que diable... ?

Même Mel, qui surveillait les Cinglées d'un œil attentif — ça se comprend —, ne sut dire ce qui s'était passé au juste à la fin des propos de la présidente. *Apparemment,* Miss Nuttel s'était mise à agiter les bras en tous sens avec une violence telle que Martha Bloomer avait penché sa chaise vers l'arrière pour ne pas risquer de prendre un mauvais coup. Ayant alors malencontreusement perdu l'équilibre, Martha Bloomer était tombée à la renverse, laissant un espace vide entre Miss Seeton et la folle furieuse de Cinglée, avec pour seul rempart ses solides jambes qui pédalaient en l'air.

Miss Seeton, parapluie en main, se penchait sur sa femme de ménage, tâchant de l'aider à se remettre à la verticale, quand, on ne sait trop comment elle avait fait son compte, la poignée du pépin s'était alors accrochée à la ceinture du pantalon de Miss Nuttel. Ladite ceinture céda sous la traction — on l'entendit craquer — et le pantalon lui tomba au bas des jambes, offrant une seconde ou deux aux regards fascinés d'une partie des adhérentes du *Women's Institute* la vision fugitive des sous-vêtements roses et fonctionnels qu'elle portait dessous. À peine plus d'un bref coup d'œil, cependant, car la malheureuse propriétaire du pantalon le releva illico avec un cri d'angoisse étouffé et s'enfuit de la salle en tenant l'objet de sa honte, suivie de Norah Blaine qui *bêlait* littéralement — c'était bien la seule façon de décrire le bruit qu'elle faisait, décida Mel.

Quand Miss Seeton eut finalement remis Mrs. Bloomer à la verticale et se fut assurée qu'elle n'avait souffert d'autre dommage qu'une perte de dignité, elle brisa le silence sidéré mais respectueux qui était descendu sur l'assemblée à la suite du départ précipité des Cinglées.

— Oh, mon dieu ! Je vous présente mes excuses les plus sincères, madame la présidente. Pour ma maladresse, veux-je dire. Je ne comprends pas comment...

— La scène à laquelle nous venons d'assister était une agression non provoquée contre Mrs. Bloomer

— êtes-vous indemne après cette méchante galipette, Mrs. Bloomer ? Parfait, mais ne manquez pas d'informer l'agent Potter si vous notez la moindre séquelle. Je ne doute d'ailleurs pas que, de toute façon, Mrs. Potter lui décrira ce qu'elle a vu ici aujourd'hui. Bon, que disais-je donc ? Ah oui, eh bien, je crois que nous pouvons toutes remercier Miss Seeton d'avoir fait en sorte que cette réunion puisse maintenant se dérouler sans autre interruption. Et c'est donc aussitôt que je demande à Miss Amelita Forby de prendre la parole.

Mel se leva et sourit :

— Madame la présidente, mesdames. Cette causerie ayant dû être improvisée au pied levé, comme vous le savez, j'ai donc à peine eu le temps de griffonner quelques notes. Et savez-vous quel titre j'avais envisagé ? « Les tribulations palpitantes de la vie de journaliste. » Eh bien, je me rends compte à présent qu'en comparaison avec votre existence, mesdames, je coule des jours tranquilles et monotones...

CHAPITRE VII

— Tout cela est bien joli, mon vieux, déclara sir George Colveden, mais comment pouvons-nous empêcher cette enfant de découvrir ce qui se trame si vous autres, vous êtes toujours à la suivre partout avec vos gros godillots crottés ?

Le commissaire Brinton eut l'air vexé car il avait en fait le pied étonnamment petit et joli pour un homme de sa généreuse corpulence. Il tint malgré tout sa langue car le propriétaire de Rytham Hall était un camarade de golf du chef de la police pour la région, et se trouvait donc en droit de poser autant de questions de pure forme qu'il lui plairait.

— Je veux dire gyrophare, sirène, dans le style « laissez passer la personnalité » : Seigneur, elle va forcément piger ! Sans parler des gens de la rue. Rien ne leur échappe, vous savez. Alors que si c'est juste mon fils Nigel qui la conduit dans sa MG à Eastbourne, Hastings ou ailleurs — où qu'elle tienne à aller pour s'entraîner —, eh bien, ça fera tout simplement jeune couple en virée, pas vrai ? Cela dit, je ne comprends vraiment pas pourquoi son entraîneur ne peut pas venir ici. On ne se sert guère du court de tennis qui est dans le jardin, certes, et il me semble me souvenir que le filet est troué par endroits, mais...

— Pas question de gyrophares ou autre chose de ce genre, monsieur. C'est moi qui irai, seul, pour cette première fois. Nous opérons en voiture banalisée et en civil. Je serais très étonné que votre fils s'aperçoive qu'on le suit. Nous garderons nos distances, soyez-en sûr. Mais le chef de la police a vraiment insisté, monsieur, à la suite de la conversation qu'il a eue avec le directeur de Scotland Yard.

Sir George fut dûment impressionné :

— Vraiment ? Ma parole, les gros bonnets qui interviennent en personne, hein ? Bon, ça change tout : je suppose qu'il vaut mieux obtempérer, dans ce cas. Vous feriez mieux de filer, mon vieux Brinton, et de vous planquer en les attendant. Il paraît que la jeune Patricia devrait être là dans deux secondes. Dites donc, vous auriez dû voir le petit déjeuner qu'elle a englouti ! Bel appétit et, si vous voulez mon avis, bonne génitrice, à en juger par la rondeur de ses hanches. Ah, ça me fait penser : vous allez au mariage, Brinton ? La petite du Dr Wright et le jeune Ranger ?

— J'espère venir à l'église, mon général. Et je m'en réjouis d'avance. Au fait, le commissaire divisionnaire Delphick a donné un congé supplémentaire à Ranger avant le mariage pour qu'il puisse venir aider sa fiancée aux préparatifs. Il devrait arriver dans la journée, d'après ce que je sais, précisa Brinton qui s'arrêta net, craignant, à voir les clins d'œil répétés de sir George, que celui-ci ne fût gêné par une poussière.

— Un signe de tête est aussi utile qu'un clin d'œil, quand le cheval est aveugle, Brinton. Bon, assez parlé. Deux mains de plus en cas de besoin, n'est-ce pas ? Bien, d'accord, on n'est jamais trop prudent. De toute façon, nous sommes parfaitement sur le *qui-vive** ici, vous savez. J'ai dû mettre Nigel et ma femme dans le secret juste avant l'arrivée de Patricia, évidemment, mais ils ont tous deux promis de rester muets comme des carpes. Je vous assure que celui qui tentera la moindre esquisse d'un sale coup pendant que la petite Thumper est sous mon toit le regrettera.

— Cesse donc de bavarder à tort et à travers, Nigel, tu seras un chou ! J'essaie de me concentrer.

Nigel Colveden rougit de plaisir et ravala ses paroles. Habitué à s'entendre accuser de bavardage, il la bouclait presque toujours docilement quand on le lui demandait. Mais, dites donc, on a tout de même de bonnes raisons de jacasser un brin, non, quand on a le formidable privilège et l'impressionnante responsabilité de conduire Trish Thumper à Hastings, pour la remettre à la garde vigilante de son entraîneur ! Surtout sachant ce que papa leur avait dit la veille, à maman et lui, avant que le terrible vieux père de Trish ne l'amène à Rytham Hall, pour se barrer une demi-heure plus tard — grâce au ciel ! — après s'être enfermé dans la bibliothèque avec papa.

Mais pensez qu'elle lui avait dit « tu seras un chou » ! À lui, N.P.R. Colveden, en personne ! Elle, assise à moins de dix centimètres de lui, dans toute la gloire de sa généreuse beauté, dégageant une délicieuse odeur de savon... Bon sang, vous pouvez vous le garder, votre Chanel n° 5 ! Ma superbe beauté Camay Rose, pensa-t-il avec tant d'ardeur que sa main hésita sur le changement de vitesse pour rétrograder en troisième, mais il ralentit à temps et se rabattit lentement devant l'église pour laisser déboîter le chauffeur du camion de la brasserie qui se trouvait devant le *George and Dragon.* Les fournisseurs de bières de qualité *Watney's* faisaient leur boulot, parfait : les clients assoiffés ne seraient pas déçus à l'ouverture du pub.

— Tiens, tiens, tiens, fit Norman à Harvey qui sortit de l'église et le rejoignit sous le porche. Ça, 'Arve, c'est ce que j'appelle une fameuse surprise. Tu vois ce que je vois, hein ?

Harvey lorgna dans la direction indiquée et recula vivement pour se fondre dans les ombres du porche.

— Calamité ! Arrête, Norman, j'ai le cœur fragile !

— T'as pigé, fiston. J'sais pas ce qui cloche avec ton palpitant, mais j'suis ravi que tes mirettes, elles, elles fonctionnent. C'est bien trois spécimens de flicaille dans une tire banalisée, sinon j'suis la tante de la reine — sans vouloir te vexer, 'Arvey. Bizarre, non, mais on les flaire à tous les coups, hein ? Franchement, y feraient aussi bien de coller un néon sur leur caisse. Trois armoires à glace comme ça...

— Quel horrible spectacle ! Mais qu'est-ce qu'ils fichent dans un bled pareil ?

— Ça, tu peux toujours te creuser la cervelle. Mais te bile pas comme ça, mon gars, je crois pas que c'est à cause qu'y nous ont repérés. C'est plus intéressant que ça. Ce que j'ai vu, moi, et que t'as pas zyeuté, c'est la petite MG rouge qu'est passée, juste avant eux. Je te parie dix sacs que la volaille, elle est là en escorte, 'Arvey, et tu d'vineras jamais qui que c'est qu'ils surveillent, fit Norman en souriant à son compagnon qui grimaça et détourna le regard devant la rangée de chicots jaunis offerts à sa vue. C'te poulette !

— Vraiment, Norman, tu es absolument exaspérant, quand tu veux, tu sais. Quelle poulette ?

— La gosse du vieux Thumper. La joueuse de tennis. J'l'ai vue jouer l'aut' jour, et j'ai ben cru la reconnaître. Et maintenant que je viens de voir la flicaille lui filer le train, j'en suis sûr et certain.

— Enfin, quelle imagination ! Hors de question.

J'ai entendu parler d'elle mais elle n'est pas si connue que ça, pas assez pour justifier une escorte de police.

Norman lui adressa un clin d'œil conspirateur :

— Oh, j'suis pas si sûr. J'te parie que mon pauv' vieux pote Parsons, y va se fendre la pêche quand je vais y dire.

— Penses-tu ! Il en est bien incapable. Et, de toute façon, pourquoi ça devrait le faire sourire ?

— Laisse béton. T'as fini, là-dedans ?

— Ouais. C'est du tout cuit. Le verrou du placard à argenterie de la sacristie est une plaisanterie, idem pour celui de la porte latérale. Je t'assure que je serais tenté de faire le boulot tout de suite, si on avait une ou deux valises et des vieux journaux sous la main.

— Plus on se grouille, moins on va vite, 'Arvey. On n'sait jamais qui y peut y avoir dans les parages à c'te heure. Nôôn, c'est ce soir qu'y faut opérer, quand que les gens, y seront d'vant leur télé ou au pub et qu'on pourra enchaîner nos trois boulots, dans la foulée. Bill doit se pointer à huit heures et demie.

Un tantinet éméchée, Miss Seeton s'affairait dans sa petite cuisine à la tombée du jour, rangeant un peu après le départ de ses visites. C'était gentil de la part d'Anne et de Mr. Ranger d'être venus la voir, non, et quelle chance qu'elle ait eu chez elle une bouteille de sherry à moitié pleine pour trinquer avec eux ! Ils étaient un peu mous et déliquescents — mes petits crackers à apéritif, je veux dire — mais ils allaient mieux avec le sherry que les *Bath Olivers* rangés dans la boîte à biscuits. Qui était donc cet Oliver, et quel rapport avait-il avec la ville de Bath ? Sûrement pas Oliver Cromwell, non ; guère le genre de personne dont on aurait donné le nom à un biscuit, n'est-ce pas ?

Bizarre, ces spécialités typiques. Typiques... types. Des types : tiens, c'est le mot qu'avait utilisé Mr. Ranger (non, Bob — il fallait vraiment s'habituer à l'appeler ainsi, maintenant qu'il allait devenir le mari de cette chère petite Anne !) en regardant les esquisses qu'elle avait faites après le match de tennis au *Hurlingham Club.* Des types avec une drôle d'allure, avait-il dit en voyant ses caricatures de sir Wilfred Thumper et du secouriste de la *St John's Ambulance.* Après quoi — et c'était bien typique de ce cher Bob ! —, il avait expliqué qu'il n'avait pas voulu être impoli à propos des dessins, qu'il trouvait drôlement bons, évidemment.

Miss Seeton considéra la bouteille de sherry dans laquelle il restait moins de trois centimètres de liquide. Elle était sûre de n'en avoir bu qu'un petit verre — bon, peut-être deux, tant elle était ravie de discuter du mariage de la semaine prochaine. De toute façon, c'était un peu bête de garder un petit fond de bouteille. D'un geste lent et attentif, elle le versa dans son verre, qu'à son grand étonnement elle vida à demi d'un seul trait. C'est alors que le téléphone sonna dans le salon ; elle s'y rendit d'un pas un peu incertain, contente de s'affaler dans un fauteuil, décrocha et cligna des yeux en regardant le combiné qui émettait de petits couinements :

— Mauvais numéro, finit-elle par déclarer, pensant que c'était la solution la plus simple, en la circonstance.

— Miss Seeton ? Mais c'est bien vous, non ? Ici Molly Treeves, du presbytère.

Miss Seeton n'était pas assez pompette pour avoir tout oublié, et la voix tranchante et autoritaire de Miss Treeves la dégrisa autant qu'une serviette trempée dans l'eau froide. Elle réussit à se ressaisir d'une manière tout à fait louable, si ce n'est qu'elle avait toujours un peu de mal à remuer la langue.

— Oh là là ! Pardonnez-moi, Misstère. Euh, je veux dire Miss Treeve-se.

— Tout va bien, non ? Je n'ai pas interrompu votre séance de yoga ?

— Non, non, non, la rassura Miss Seeton, qui ajouta encore quelques « non » pour être parfaitement claire.

— C'est à propos des fleurs de l'église, cette semaine, voyez-vous, reprit Miss Treeves, avec une note d'hésitation inaccoutumée chez elle. C'est votre tour, comme vous ne l'ignorez certainement pas.

— Les fleurs ? Mon tour ? Si vous le dites, c'est que c'est vrai.

Tout en prenant vaguement conscience qu'un mal de tête était en train de se chauffer les muscles, quelque part, pour lui tomber dessus à bras raccourcis, Miss Seeton était encore assez euphorique pour négocier cet obstacle inattendu.

— Parfait ! C'est juste qu'Arthur espérait que vous auriez la gentillesse de faire les bouquets assez tôt, demain. Que ce soit prêt pour dix heures, par exemple. L'archidiacre doit venir à onze heures, alors, naturellement, Arthur voudrait que l'église ait belle allure.

— Je comprends. Tout à fait. Tout à fait. Jamais il ne me viendrait à l'idée de faire faux bond au pasteur. Après tout, il doit marier Anne et Bob, la semaine prochaine.

Miss Seeton était presque complètement dégrisée quand elle raccrocha : elle venait de se rappeler qu'elle avait projeté de prendre le premier bus pour Brettenden, le lendemain, afin d'acheter un ou deux blocs à dessin et des fusains à la petite boutique qui vendait aussi bien des fournitures de base pour artistes que des partitions musicales, des flûtes à bec bon marché en plastique et des kits « pour bricoleurs créatifs ».

Peu importe. Suffirait de se lever une heure plus

tôt que d'habitude, c'est tout. Et bien que, de nuit, on ne pût guère cueillir de fleurs et de verdure au jardin pour composer des bouquets, cela n'empêchait pas de s'organiser un peu à l'avance en faisant un petit tour à l'église avec une torche, pour prendre note du nombre de vases, de leur taille et de leur emplacement. Ne remets jamais à demain ce que tu peux faire aujourd'hui : tel était l'un des admirables préceptes victoriens dont on lui avait rebattu les oreilles dans son enfance, et Emily D. Seeton décida qu'elle était parfaitement capable de cette tournée avant de se coucher.

CHAPITRE VIII

— Y a des glaces, annonça l'unique serveuse, réapparaissant à leur table juste au moment où Mel croyait avoir détecté une note d'affection encourageante et même songeuse dans le regard de Thrudd Banner.

La salle à manger du *George and Dragon* était le seul restaurant de Plummergen depuis l'échec du snack-bar de Mr. Pontefract — entreprise malheureuse, à part son nom mémorable de *À la bonne pizzappétit...*

Thrudd était arrivé vers dix-huit heures, comme promis, et l'avait rejointe au bar pour boire un verre après avoir fait les formalités à la réception et pris une douche dans sa chambre. Expérience dont il faisait maintenant une description désopilante. La question de savoir pourquoi les douches anglaises ne produisent qu'un maigre filet d'eau, alors que leur équivalent américain en déverse des trombes, pareilles au Niagara, les occupa jusqu'à la fin du premier verre. L'alcool ayant alors suffisamment délié la langue de Mel, elle se lança avec entrain dans le récit de la réunion mouvementée du *Women's Institute,* cet après-midi-là, qui dura aussi longtemps que leur deuxième verre.

La conversation, portant ensuite sur la visite de

Thrudd à Bonn, avait amorti le choc du cocktail de crevettes et du bœuf trop cuit, garni de légumes gorgés d'eau, que servait le *George and Dragon.* Mais c'est surtout la bonne bouteille de bordeaux commandée par Thrudd, éminemment buvable, qui avait contribué à les mettre de belle humeur.

— De quelle sorte ? demanda Thrudd à la serveuse, plutôt aimablement.

La fille, une dénommée Maureen qui avait hâte de se débarrasser d'eux pour pouvoir desservir et rejoindre son petit ami Wayne, propriétaire d'une Kawasaki, le regarda sans comprendre.

— Pardon ?

— Je veux dire, quels parfums avez-vous ?

Maureen haussa les épaules :

— Juste de la glace. De la glace ordinaire, vous savez, sans parfum.

— Ah bon, répondit Thrudd, hochant le chef d'un air entendu. Sans parfum. Ça a l'air délicieux. C'est peut-être à la vanille, Mel. T'en veux ?

Mel sourit et fit non de la tête :

— Vaut mieux pas. Deux boules de glace à la vanille, et je ne m'appartiens plus. Juste du café.

— D'accord. Pas de glaces, merci. Juste deux cafés. Pouvez-vous nous les apporter dans la salle du bar ?

La requête était si incongrue, à en juger par l'air de Maureen, qu'elle la trouva carrément scandaleuse, sybaritique même, et disparut par la porte de l'office, les lèvres serrées. Thrudd et Mel retournèrent s'installer au bar, armés chacun d'un double cognac et ayant presque oublié le café que Thrudd avait commandé. Et tant mieux car Maureen avait décidé, après avoir pesé la question, que la vie était déjà assez compliquée comme ça, et elle était partie.

— Donc, à part l'intervention héroïque de Miss S

qui a réussi à révéler les dessous d'Erica Nuttel au monde entier, quoi de neuf dans ce Plummergen si vibrant d'animation ?

Mel réfléchit un instant avant de répondre :

— Difficile de savoir par où commencer, vraiment. Anne Wright et Bob Ranger se marient ici la semaine prochaine et c'est le principal sujet de conversation du village, dit-elle, ajoutant, les yeux brillants à l'évocation de l'événement, enfin, ça l'était, jusqu'à l'empoignade de cet après-midi. Bizarrement, la nouvelle du séjour de Trish Thumper chez les Colveden ne s'est pas encore répandue. Bien que Nigel se balade partout avec l'air de flotter sur un petit nuage et en souriant à tout le monde comme un imbécile heureux. Il me rappelle ce personnage du magazine *Mad*. Alfred E. Neumann, n'est-ce pas ?

— Nigel ressemble toujours à Alfred E. Neumann quand il est amoureux, releva Thrudd, c'est-à-dire la plupart du temps. Quant à Trish, tout le monde ne lit pas les pages sportives, tu sais, et elle n'est pas exactement du niveau de Margaret Court ou de Billie Jean King. L'important, c'est de savoir si tu as trouvé d'autres éléments qui corroborent les allégations faites sur son vieux.

— Pas encore, reconnut Mel. Miss S les a plus ou moins répétées allégrement quand je suis allée la voir, mais tu la connais, elle fait des digressions à tout bout de champ. Je n'ai pas vraiment envie de coincer le pasteur pour l'interroger. Je veux dire, bon sang, Thrudd, il se peut qu'il soit mouillé, lui aussi. Les journaux du dimanche sont pleins d'articles sur les pasteurs d'âge mûr, pas mariés.

— Oui, mais ce sont d'ordinaire les enfants de chœur qui font leur perte, décréta Thrudd, affectant l'air d'une autorité en la matière. À vrai dire, je ne m'imagine guère le pasteur de Plummergen en train de faire un câlin à M. le juge Thumper... Écoute, dit-il en jetant un coup d'œil sur sa montre, il n'est que neuf heures un quart. Qu'est-ce que tu dirais d'une petite balade jusqu'au presbytère, pour voir s'il est chez lui ? Et le cas échéant, pour bavarder un peu, l'air de rien — on ne sait jamais ce qui peut en ressortir.

Le câlin mentionné dans la conversation avait orienté les pensées de Mel dans une tout autre direction, plutôt celle des chambres, mais elle se souvint que Molly Treeves, en la remerciant seule à seule à la fin de la réunion, l'avait cordialement invitée à passer au presbytère quand ça lui plairait. Ça pouvait être amusant de suivre l'idée de Thrudd. Elle avala le reste de son verre de son cognac — trop vite —, s'étouffa, crachota et se tamponna les yeux qui larmoyaient. Puis elle se leva et considéra Thrudd, toujours assis. Ce soir, c'est le moment ou jamais, décida-t-elle. Si T. Banner ne prenait pas l'initiative, c'est elle qui s'en chargerait. Mais il n'y avait pas de mal à commencer par une balade du côté du presbytère.

— D'accord, infatigable chasseur d'infos, allons remuer un peu de boue. Allez, lève-toi et marche !

L'air vespéral embaumait de mille senteurs et Miss Seeton inspira profondément en se dirigeant vers l'église, tenant à la main sa longue et lourde torche qu'elle n'avait pas encore allumée. Bien qu'il fît presque nuit, on pouvait encore distinguer la silhouette des maisons de la Rue, celle d'une voiture garée un peu au-delà du porche[1] du cimetière, et l'enseigne éclairée du *George and Dragon.* Bien que son mal de tête naissant fût resté tapi à l'arrière-plan, il ne

1. Certains cimetières anglais présentent la particularité architecturale d'avoir une entrée couverte par un porche. (*N.d.T.*)

semblait plus aussi inévitable, et Miss Seeton se mit à chantonner. Elle avait une bonne mémoire des airs et des rythmes mais pas des paroles et parvenait rarement à chanter une ligne entière.

Norman et Harvey ayant vidé l'armoire de la sacristie des pièces d'argenterie qu'elle contenait, Harvey s'employait à refermer le placard à clé quand, tout à coup, ils sursautèrent : on entendit la lourde clenche de la porte ouest se soulever avec un raclement métallique, la porte s'ouvrir en grinçant et une voix fluette mais enjouée qui chantait : « Moi, le ménestrel errant, fait de lala lalère[1]... » La voix se tut alors, comme si sa propriétaire avait soudain pris conscience que, pour légitime qu'il soit d'offrir des mélodies à Dieu, ainsi que dit le psaume, ce n'est sûrement pas de cette sorte d'air qu'il s'agit.

— Crénom ! chuchota Norman. Bon dieu, qui que c'est que ça ?

Soyons charitables et accordons à Norman le bénéfice du doute. Lors de ses nombreuses comparutions devant les magistrats, au fil des ans, on lui avait plus d'une fois signalé que la carrière qu'il avait embrassée entraînait un déplorable irrespect du huitième commandement[2]. On peut se demander s'il se rendait compte présentement que les paroles qu'il venait de prononcer le faisaient en outre manquer au troisième commandement[3]. Pour vice de forme.

Harvey se dépêcha d'éteindre la petite lampe de poche dont il s'était servi, tandis que Norman pointait le nez par la porte à demi ouverte de la sacristie. C'est à ce moment précis que Miss Seeton alluma sa

1. Vers extrait du *Mikado,* célèbre opérette de Gilbert et Sullivan, très aimée du public anglais. (*N.d.T.*)

2. Ne pas voler. (*N.d.T.*)

3. Ne pas blasphémer. (*N.d.T.*)

torche dont le puissant rayon pourfendit l'obscurité de la nef. N'ayant jamais eu l'occasion de remarquer l'emplacement des interrupteurs de l'église, Miss Seeton dirigea le faisceau de lumière çà et là, au hasard, éclairant la croix de l'autel avec un si bel effet théâtral, à un moment donné, qu'elle le maintint dessus un instant pour admirer le tableau.

Ça lui rappelait un peu le dénouement d'une représentation d'*Aïda* qu'elle avait vue au *Saddler's Well Theatre,* dans les quartiers nord de Londres, un soir, vers la fin de la Seconde Guerre mondiale, où le brouillard était si dense qu'il envahissait la salle et donnait quelque chose de surnaturel à la lumière des projecteurs braqués sur... Sur qui donc était-ce ? Victoria Sladen ? Une diva fort *volumineuse,* quoi qu'il en soit.

Voyons, tout ça ne me mène à rien. Miss Seeton abandonna le projet de rechercher un interrupteur et remonta l'allée centrale, tentant de se remémorer la dernière fois qu'elle avait été responsable des fleurs : où les avait-elle mises ? Il y avait deux grands vases, de chaque côté de la table de communion, à l'intérieur du chœur. Les lis de son jardin conviendraient parfaitement, là, mais ce serait plus compliqué de garnir la grande coupe peu profonde posée sur une plinthe, sous la chaire...

Ses réflexions furent troublées par un cliquetis étouffé provenant de la sacristie et, pour la seconde fois depuis qu'elle avait quitté *Sweetbriars*, Miss Seeton éprouva un bref sentiment de malaise. Elle pointa sa torche vers la sacristie et s'aperçut que la porte était large ouverte :

— Monsieur le pasteur ? Euh, c'est vous, Mr. Treeves ? Mr. Tree... oh...

N'ayant pas refermé la porte de l'église, elle n'avait pas entendu William Parsons entrer derrière elle. Parsons, quant à lui, était indécis : il avait pour instructions de rester au volant de la voiture nécessaire à leur fuite, mais on ne lui avait pas dit que faire si, pendant que ses comparses étaient à l'œuvre, il voyait dans le rétroviseur une petite vieille arriver, entrer par le porche du cimetière et se diriger vers le portail de l'église. Pourtant, il fallait bien réagir. Alors il l'avait suivie en catimini, observant ses faits et gestes, puis il avait momentanément perdu la tête quand elle avait appelé et s'était jeté sur elle. La main fermement plaquée sur la bouche de la vieille dame, il arriverait à la faire tenir à peu près tranquille, mais il ne lui restait qu'un bras pour essayer de contrôler ses mouvements furieux et étonnamment agiles. Eh, minute, papillon, attention à cette saloperie de torche...

Trop tard. La lourde torche le frappa à la tête, juste au-dessus de l'oreille. Le choc fut assez violent pour déloger l'ampoule, éteindre la lumière, et estourbir William Parsons qui s'affala. Miss Seeton se contorsionnait pour se dégager mais Norman l'attrapa aussitôt, arracha de ses épaules le cardigan qu'elle y avait jeté sans le boutonner, et s'en servit pour lui ligoter les poignets dans le dos avant qu'elle ait eu le temps de comprendre ce qui se passait. Puis il la força à s'étendre à plat ventre sur les dalles froides de la nef et, sans plus de cérémonie, s'assit sur son derrière. Juste au moment où elle était sur le point de s'excuser d'avoir frappé l'autre avec sa torche ! Oh, bien sûr, c'était sa faute à lui : manifestement, ses comparses et lui avaient des agissements louches, mais elle avait une telle horreur de la violence ! Ça ne servirait pas à grand-chose de vouloir les raisonner, alors autant prendre son mal en patience...

— Éteins c'te putain de loupiote ! souffla Norman à Harvey dont la petite lampe de poche avait brièvement illuminé la scène. Et fermez vos gueules, tous les deux. Réveille-toi, abruti, t'as rien, bouge-toi d'là... file-moi donc ta cravate. Cravate !

Parsons, terriblement gêné du résultat de son intervention et encore un peu dans le cirage après le coup reçu sur la tête, défit maladroitement sa cravate et la tendit dans la direction d'où provenait la voix de Norman. Quelques secondes plus tard, Miss Seeton avait les chevilles attachées, ce qui n'empêcha pas son garde de rester où il était, pour l'instant.

— Bon, maintenant, on fout le camp ! Sortez pardevant et rangez-moi la camelote. J'arrive !

Elle entendit les deux comparses quitter l'église. C'est alors seulement qu'elle fut soulagée du poids qui l'écrasait, tandis qu'une voix s'adressait directement à elle pour la première fois :

— Bon, écoutez-moi, ma p'tite dame. J'sais pas qui que vous êtes, ni quoi que c'est que vous tramez, mais vous avez une sacrée veine, je vous l'jure ! Et si vous t'nez à ce que ça dure, vous allez rester gentiment étendue là et compter jusqu'à mille avant même de penser à hurler ou d'essayer de vous libérer toute seule. Si vous me décevez, on le saura, et sûr de sûr qu'un des gars reviendra un beau jour vous faire votre fête !

— Il y a des gens pressés, remarqua Thrudd Banner, attrapant Mel par le bras pour l'éloigner du bord du trottoir quand une voiture déboucha à toute allure dans la Rue, arrivant en trombe de la direction de l'église pour disparaître au coin, en bas de la rue. Imbéciles de chauffards, en plus ils n'ont que les codes allumés !

Il relâcha le bras de Mel qui s'empressa de le glisser sous le sien tandis qu'ils traversaient la rue, à présent déserte, et se dirigeaient vers la droite.

— Tu es sûr que ce n'est pas trop tard pour déranger les Treeves ? De toute façon, je doute que les habitants de Plummergen soient des oiseaux de nuit, remarqua Mel qui imprima une pression suggestive au bras de Thrudd et crut percevoir la même en retour. La soirée est superbe, pourquoi ne pas se balader un petit peu avant de tirer le rideau sur la journée ?

— Ça me va. À moins qu'on trouve le presbytère inondé de lumière et Molly Treeves sur le pas de la porte, à la recherche d'un couple pour faire un bridge.

Ils se promenèrent un moment, partageant un silence convivial jusqu'à ce que Thrudd reprenne la parole :

— Fascinant, quand on y pense !

— Quoi ?

— La manière dont les classes supérieures se serrent les coudes. Je veux dire, si le vieux Wilfred Thumper a réellement de tels penchants, on s'attendrait à ce qu'il y ait eu des rumeurs, au fil des ans. Surtout s'agissant d'un type avec une réputation comme la sienne. Bon, mais, qu'est-ce que tu proposes de faire si ça se vérifie ?

— Est-ce que je sais, moi ! Mais une nouvelle comme celle-là, ce sera forcément utile à un moment ou à un autre. « Qui ne gaspille rien ne manque de rien » : telle est ma devise, dit-elle avant de s'interrompre tout d'un coup. Chut, écoute ! Tu entends une voix qui appelle ?

— Où ça ?

— Une sorte de cri aigu, on dirait que ça vient de l'église.

— Probablement un chat, laisse tomber !

— J'crois pas. De toute façon, c'est dans notre direction. Même si ce n'est qu'un chat, mieux vaut laisser sortir la pauvre bête.

À mesure que Mel et Thrudd approchaient du porche du cimetière, le son se fit de plus en plus audible : il était clair qu'il ne pouvait pas émaner d'un chat. Ils ne tardèrent pas à l'identifier et se précipitèrent vers la porte ouest de l'église qui était entrouverte. Ils s'attendaient à trouver Miss Seeton, certes, mais pas par terre, en train de se tortiller pour essayer de défaire les liens de ses chevilles avec ses poignets, eux-mêmes ligotés.

CHAPITRE IX

— Elle est certes remarquablement résistante pour son âge, déclara le Dr Wright en redescendant de la chambre de Miss Seeton, suivi de sa fille, tandis que les autres le regardaient, impatients d'avoir des nouvelles. Ou, pour dire les choses autrement, c'est une sacrée dure à cuire ! J'ai fait plusieurs tentatives pour la persuader de passer la nuit à la maison de repos, par mesure de sécurité, mais elle ne veut pas en entendre parler. Anne m'en est témoin.

— C'est la vérité même, confirma Anne, couvant d'un œil tendre Bob Ranger qui débordait de son fauteuil.

Mel Forby et Thrudd Banner étaient installés sur le divan du salon de *Sweetbriars.*

— Mais elle est vraiment indemne, n'est-ce pas, docteur ?

— À part les bleus et contusions qu'elle s'est faits en se traînant par terre sur les dalles de pierre, jusqu'à la porte de l'église, rien de grave, non. Et, heureusement, la conduite de ces malfrats a provoqué chez elle une telle indignation qu'elle en a oublié de tomber en état de choc. Le calmant que j'ai mis dans son cacao lui procurera une bonne nuit de sommeil et, à part quelques douleurs et courbatures, elle devrait être en pleine forme demain matin, déclara-t-il, changeant sa sacoche de main et survolant la pièce d'un regard bienveillant. Bon, je vais y aller, j'ai largement dépassé l'heure de me coucher. Je vous laisse entre jeunes. Anne, tu passes voir Miss Seeton à la première heure, demain matin. Tu t'assures qu'elle va bien, tu l'aides à s'habiller et ainsi de suite, d'accord ? Voilà, bonne nuit, vous tous.

— À la réflexion, je me demande si je ne devrais pas roupiller sur le divan, cette nuit, fit Bob après le départ de son futur beau-père. L'agent Potter a signalé l'incident à Ashford et ils vont envoyer un homme de la police judiciaire pour parler à Miss S demain matin...

Thrudd sourit.

— Et, naturellement, vous voulez votre part de l'aventure, c'est ça ?

— Et comment donc, ça lui revient ! renchérit Anne avec force. Miss Seeton est conseillère de Scotland Yard, ne l'oubliez pas !

Thrudd leva les bras dans un geste de reddition :

— Je me rends, ne frappez plus, madame ! C'est peut-être une bonne idée de coucher là, bien que je ne voie guère ces desperados revenant l'attaquer, non ?

— Ce qui me sidère, c'est qu'elle se soit débrouillée pour se traîner jusqu'à la porte dans le noir, saucissonnée comme elle l'était, *et en plus* pour se relever, de dos, et soulever la lourde clenche ! remarqua Mel.

Anne approuva d'un signe de tête :

— Et encore heureux qu'elle y soit arrivée, sinon elle aurait pu rester étendue là toute la nuit. Personne ne l'aurait entendue appeler si la porte était restée fermée.

— Je vous assure, même comme ça, ça frôle le miracle qu'on se soit trouvés assez près de l'église pour l'entendre, Thrudd et moi. Et on n'a pas encore compris ce que diable elle fabriquait là ! Vous savez ce que c'est, avec Miss S : elle a déversé des flots de paroles pendant qu'on la détachait, mais elle ne sait pas finir une phrase avant de se lancer dans une tout autre explication. Qu'est-ce que c'était que cette histoire d'*Aïda* et de disposer les bouquets, Thrudd ?

— C'est quoi, la question suivante ? fit-il dans un énorme bâillement. Elle a passé un bien mauvais quart d'heure, après tout, cette pauvre petite dame. Ses propos seront peut-être plus clairs demain matin. Alors, vous allez rester ici ou pas, Bob ? Si oui, nous raccompagnerons Anne chez elle avant de rentrer au pub.

— Mais, mon dieu, que vais-je dire à l'archidiacre ? gémit le révérend Arthur Treeves pour la troisième fois depuis le départ de l'agent Potter, parti en promettant qu'il reviendrait le lendemain matin avec un collègue d'Ashford pour noter l'inventaire des pièces d'argenterie.

Sa sœur ricana. (On lit souvent dans les romans que les personnages « ricanent », alors que le bruit que l'auteur veut décrire est sans doute plus proche d'un rire explosif, méprisant et sans gaieté, qui se traduirait par un « Ha ! » au style direct.) Encore toute remontée par sa victoire sur Erica Nuttel à la réunion du *Women's Institute* ce jour-là, Molly Treeves ricana avec un si bel entrain qu'elle dut même recourir à la boîte de Kleenex qui se trouvait commodément à portée de main.

— Eh bien, pour l'amour du ciel, ne t'excuse pas, quoi qu'il arrive ! Accuse les membres du comité paroissial, lui conseilla-t-elle. De toute façon, c'est entièrement leur faute, je suppose, et l'archidiacre ne peut rien contre eux. Allez, ressaisis-toi un peu ! Ce n'est tout de même pas toi qui as embarqué la fameuse argenterie et ligoté Miss Seeton, non ? Les Cinglées font des suspectes bien plus plausibles, vu que Miss Seeton a baissé le pantalon d'Erica Nuttel, cet après-midi.

Le pasteur, qui n'avait pas encore eu vent de l'événement, ouvrit de grands yeux, éberlué :

— Ma chère Molly, tu ne parles pas sérieusement, tu ne veux pas vraiment dire que...

— Oh, va donc te coucher, Arthur. Je me chargerai de parler à ton fameux archidiacre si tu es trop pleutre pour le faire.

— Dedieu, plus jamais de petite sauterie comme celle-là ! annonça Norman qui renchérit encore : Que non, jamais plus.

Harvey restait coi mais tremblait légèrement et il leva son verre de gin rose en signe d'accord, avant d'y boire à grands traits. William Parsons était toujours effondré dans un fauteuil, image même du désespoir. Il était juste un peu plus d'une heure et demie du matin et les trois hommes se trouvaient chez Norm, dans un appartement étonnamment confortable, au-dessus du *Jardin de jade*, restaurant chinois de la Grand-Rue de Lewisham, quartier sud de Londres, à plus d'une heure par la route de la scène de leurs exploits, donc en sûreté.

— Dis donc, Bill, c'est pas une raison pour rester là avec des airs de cane engrossée, même si que t'as foutu la pagaille et que tu t'es chopé une beigne sur la tronche pour avoir mêlé ton grain de sel où qu'y fallait pas. Accroche-nous donc un p'tit sourire sur c'te gueule de carême, putain ! En fin de compte, on a emballé nos trois boulots comme que c'était prévu, non ?

— Si tu veux mon avis, remarqua Harvey, je pense que t'avais perdu ta petite tête quand t'as insisté pour qu'on enchaîne les deux autres, après cet épouvantable incident de Plummergen. J'avais les nerfs en *pelote* !

— Tu débloques, 'Arve ! Même à supposer que c'te vieille taupe, elle a réussi à sortir d'là et à met' le branle-bas en moins d'une heure, tu vas pas me dire que la flicaille, elle serait partie à fond de train nous chercher dans d'aut' *églises* des environs, non ? Nôôn, on était tranquilles comme Baptiste quand qu'on a liquidé les autres boulots.

Parsons n'était pas si facile à dérider :

— Je m'en veux. Cette petite vieille aurait aussi bien pu faire une crise cardiaque, à cause de moi. Tu te rends pas compte qu'à l'heure qu'il est, elle est peut-être morte et que la police nous recherche pour meurtre ? Et même si elle va bien, c'est un *témoin*, Norm. Mon dieu, je ne me serais jamais mêlé de tout ça si j'avais pu imaginer un seul instant que...

— Putain, c'est l'hôpital qui se fout d'la Charité, ma parole ! N'essaie pas d'me sermonner. Ton plan à toi, c'est pas précisément une sortie d'enfants de chœur, non ? Pour ce qui est de ce soir, primo, la vieille toupie n'était pas frêle et timide, vu qu'elle a bien failli t'laisser sur l'carreau pour de bon. Et j'ai senti ses muscles pendant que je la ligotais. Je te parie à deux cents contre un qu'elle est d'retour chez elle et qu'elle se jette un p'tit verre ou deux derrière la cravate, histoire de se remettre, comme nous. Deuzio : elle a rien vu de nous, impossible, sauf si que t'as ton nom et ton adresse brodés sur ta cravate, ajouta-t-il avec un petit rire.

— Non, c'est un cadeau d'anniversaire d'il y a des années, concéda Parsons, essuyant une larme inattendue. Elle venait sans doute de chez *Woolworth's*.

— Bon, alors, tu vois. Tu m'écoutes un peu, mon pote : le seul ici qu'a des cheveux à s'faire, c'est bibi, à cause que je suis le seul qu'elle a entendu causer et que je vous ai pas appelés par vos noms. Alors, si j'dis qu'on s'en est bien tirés ce soir, c'est que c'est vrai. Pigé ? fit-il, désignant du doigt la collection d'argenterie : des chandeliers, des calices, des plateaux pour la quête et ainsi de suite. Tout ce qu'y faut, maintenant, c'est que 'Arvey, y nous décroche un bon prix pour ces babioles — et il a choisi en pensant où qu'y pourrait les fourguer. Après, ça baigne pour tout le monde. Et surtout pour toi, Parsons.

— Pourquoi moi ?

— Pourquoi toi ? Ben, j'vais te le dire. On a de sacrées bonnes nouvelles pour toi, mon vieux poteau. Je les ai gardées pour la bonne bouche. C'est à propos d'une certaine personne qui t'intéresse, sans dire de nom, tu vois ce que je veux dire ? fit Norm, avec une série de clins d'œil prodigieux. Eh bien, devine qui qu'a repéré sa fille, le prodige du tennis, ce matin, lança-t-il, jetant un regard sur la pendule de la cheminée et se corrigeant, hier matin, que je veux dire. Dans une p'tite MG conduite par un jeune type et filée au train par une tire pleine de poulets, demanda Norm qui souffla sur ses ongles et les fit reluire sur le revers de son veston, l'air très content de lui. Vot' serviteur, voilà qui ! Une escorte, que c'était, la volaille dans la caisse de derrière. Alors, après, on est allés renifler un peu, 'Arve et moi. Paraîtrait que la bagnole, elle appartient à Nigel Colveden, le fils et l'héritier de sir George Colveden de Rytham Hall, tout près de Plummergen. Et c'est là qu'ils ont planqué la fille de ton vieil adversaire, pour la mettre en sécurité. À la bonne heure ! V'là que tu commences à entraver, pas vrai ? On se déride un peu, hein ? Je m'suis dit que ça risquait de remet' un peu de rose sur c'te figure de fromage blanc...

Un peu plus tard cette nuit-là, Bob Ranger gigotait à n'en plus finir sur le divan de Miss Seeton, trop court pour qu'il s'y allonge de tout son long. Au début il avait réussi à trouver une position pas trop inconfortable en tirant un des fauteuils à côté du divan pour y poser la partie inférieure de ses jambes, repliées en chien de fusil. L'ennui, c'est que, lorsqu'il voulait changer de côté — et il s'acharnait à le faire, envers et contre toutes les lois du bon sens, dans l'espoir de se mettre plus à l'aise —, il fallait transporter le fauteuil vers l'autre extrémité du divan. Au bout d'un moment, il avait même eu l'idée d'approcher un second fauteuil, mais les acrobaties qu'il dut faire pour changer encore de position le réveillèrent si complètement qu'il décida avec un soupir de renoncer au combat et d'en profiter pour réfléchir un peu.

Il passa d'abord un moment à songer avec émotion au grand lit neuf qu'il attendait de partager avec Anne à leur retour de voyage de noces, quand ils emménageraient dans la maison qu'ils achetaient à Bromley grâce à un prêt de dix mille livres de la *Building Society*. De là, c'était facile de faire l'aller-retour pour travailler à Londres et, en voiture, ce n'était pas loin de Plummergen, non plus. Trop loin, malheureusement, pour qu'Anne pût continuer à servir d'assistante-réceptionniste à son père, mais elle avait déjà un poste qui l'attendait à Bromley, comme secrétaire d'un cabinet médical de groupe. Le Dr Wright, quant à lui, avait trouvé pour gérer sa maison de repos une dame redoutable, depuis peu à la retraite après une carrière d'officier-infirmière de l'armée. Une dame qui aimait qu'on l'appelât major Howett et qu'on ne tarderait sûrement pas à surnommer la Grosse Bertha.

Avec le salaire d'Anne, sa paie d'inspecteur de la police métropolitaine et les avantages divers, ils devraient se débrouiller tout à fait convenablement, tout au moins jusqu'au jour où... Bon, on verrait bien à ce moment-là, non ? L'important, c'était d'expédier ce sacré mariage et de filer en voyage de noces avant que l'Oracle ait le temps de se mettre en tête que l'affaire de chantage de Thumper et la dernière aventure en date de Miss Seeton nécessitaient la présence de Ranger à Plummergen.

Non que l'on dût voir le moindre rapport entre les deux affaires, évidemment. Mais il suffisait qu'il y eût un quelconque ennui dans l'air pour que Miss Seeton mît le cap droit dessus, comme un sacré pigeon voyageur. Elle faisait quand même des trucs dingues : pensez, aller fouiner dans l'église au moment précis où des malfrats venaient prendre la communion tout seuls ! Dommage qu'elle ne fût pas arrivée assez tôt pour qu'ils prennent peur et décampent : la police n'aurait pas eu besoin d'intervenir. Alors que là, le vieux Potter s'était régalé, enquiquinant le pasteur, puis téléphonant au commissariat central dont il dépendait pour leur signaler le vol et l'agression sur la personne de Miss S. Dès que le commissaire Brinton avait reçu la nouvelle, il avait été obligé de venir à Plummergen s'occuper personnellement de l'affaire, téléphoner illico presto à l'Oracle, et...

Pressentant le pire et convaincu qu'il était voué à passer une nuit blanche et déprimante, l'inspecteur Bob Ranger partit à la dérive et tomba dans un profond sommeil sans rêves.

Miss Seeton dormait aussi, là-haut dans sa chambre, mais à la différence de son protecteur couché en bas, son sommeil était peuplé de songes. Elle rêvait à qui mieux mieux. D'une Aïda au centre de la scène, illuminée par les projecteurs, et qui grandissait à vue d'œil, agitant les bras en tous sens, brandissant une raquette de tennis, tandis que le doge de Bellini considérait le spectacle d'un œil triste. Et... quelqu'un d'autre dans l'ombre. Une ombre qui tournait à l'obscurité, puis une sensation de pression, de pression. Qui s'évanouissait et Nigel tendait un bouquet de lis au doge — absurdité ! — plutôt qu'à Aïda... et... oui, bien sûr !

Les yeux de Miss Seeton s'ouvrirent quelques instants : mais bien sûr, *voilà* qui c'était !

Là-dessus, elle se rendormit.

Thrudd Banner était sur le point de se rendormir, dans une chambre du *George and Dragon*. Mel Forby, qui avait réussi à le réveiller deux fois déjà, grâce à une certaine dose d'imagination et de savoir-faire, n'avait pas l'intention d'abandonner la partie avant un certain temps, après les délices des deux heures qui venaient de s'écouler... Ça avait commencé par un dernier petit verre dans la chambre de Thrudd — du whisky Dimple Haig hors taxes dans des verres à dents, avec un peu d'eau du robinet. Continué avec un regard songeur de sa part à lui, une insulte taquine et une tape sur le poignet de sa part à elle, un corps à corps qui voulait prétendre à un jeu mais dont ils n'étaient dupes ni l'un ni l'autre, puis le premier baiser enflammé, violent, les corps qui se séparent, les longs regards qu'on échange, émerveillés, chacun prenant conscience de ce qui se passe, et le désir s'allumant dans leurs yeux, ouvertement... Puis, enfin, la joie palpitante de l'étreinte si longtemps attendue des corps nus, jamais rassasiés l'un de l'autre.

Enfin, ainsi Amelita Forby voyait-elle la situation et, sans plus attendre, elle entreprit de persuader Thrudd qu'au lit au moins il est aussi doux de donner que de recevoir.

CHAPITRE X

Le commissaire Chris Brinton considéra l'armoire de la sacristie, l'air écœuré et incrédule. Il renifla et se retourna vers l'enquêteur Foxon :

— J'sais pas pourquoi ils ont pas carrément rangé leur bazar dans un sac en papier détrempé ! Même vous, vous auriez été capable de forcer ce verrou ! Avec un de vos rouleaux à mise en plis.

Foxon fit une grimace défensive.

— Laissez tomber, chef. Qu'est-ce que ça peut faire que j'aie les cheveux un peu longs ? Il se trouve justement que j'avais rendez-vous au salon unisexe de Charlene, ce matin, et à qui la faute si je n'ai pas pu y aller, monsieur ?

Brinton décida qu'un tantinet de rébellion était acceptable, vu qu'on était samedi, et il ignora l'impertinence de la remarque.

— Bon, bon, allons-y. J'ai comme l'impression que ça va être suffisamment la pagaille aujourd'hui, sans qu'on se tire dans les pattes, vous et moi.

Le commissariat central de la division d'Ashford avait ordre de tenir Brinton informé, en téléphonant chez lui au besoin, de tout incident survenant à Plummergen ou touchant Miss Seeton. Cette fois-ci, dieu merci, les nouvelles lui étaient parvenues après ses tendres ébats avec Mrs. Brinton, plutôt que pendant, et il avait pris un certain plaisir à appeler l'Oracle chez lui juste avant minuit pour le mettre au courant.

À cette heure-là, le cambriolage de deux autres églises dans un rayon de quinze kilomètres de Plummergen n'était pas encore connu. La nouvelle d'un des vols était parvenue juste avant que Brinton et Foxon ne quittent Ashford et ils avaient appris l'autre, en route, par la radio de la voiture.

— À quelle heure Mr. Delphick est-il censé arriver ?

— Vers onze heures, a-t-il dit. Il passera prendre Ranger chez le docteur et nous rejoindra. Et puis on ira tous ensemble voir Miss S, et casser la croûte au pub ensuite. Après quoi vous aurez intérêt à trimbaler votre carcasse dans les deux autres villages, à moins qu'on ait eu vent d'autres casses, auquel cas il faudra vraisemblablement appeler la cavalerie de l'armée américaine...

Brinton promena un regard lugubre sur la sacristie, cueillit un surplis accroché à une patère, derrière la porte, et le tint devant lui :

— Pas sûr d'avoir envie d'aller au ciel si l'uniforme de là-haut ressemble à ça ! dit-il en remettant le vêtement à sa place. Les gars de la police scientifique font leurs trucs habituels, mais leurs chances sont minces. Je vous demande un peu, suffit de compter : au moins trois casses dans la même soirée et dans le même coin. C'est forcément le même truand qui est derrière ça, n'est-ce pas, Foxon ?

— Vous voulez parier, monsieur ? Je serais prêt à miser deux livres que oui.

— Quelle largesse ! Tout le monde en ferait autant. On croirait que ce genre de truc, c'est du billard pour un expert de la police : suffit de trouver la même empreinte dans les trois lieux, et c'est parti ! Ces p'tits salopards sont forcément des pros, pour réussir une série de casses comme ça. Il y a donc de fortes chances qu'ils aient un casier judiciaire et, alors là, c'est dans le sac ! On n'a que l'embarras du choix des candidats à attraper par le colback. Mais à quoi ça rime de vouloir relever une empreinte dans une *église*, je vous jure ! Autant essayer en pleine gare de Waterloo !

— Oui. Et si, par chance, ils tombent sur des empreintes qui se trouvent dans les trois endroits, ça sera sans doute celles de l'évêque !

— En parlant d'évêque, qui est le gros bonnet que le pasteur a dit qu'il devait se dépêcher de recevoir ?

— L'archidiacre. J'suis pas sûr de sa place dans le système, monsieur. J'ai vaguement idée que c'est une espèce d'adjudant de l'évêque, un administrateur. Ce sont ces gens-là qui prennent les coups des protestataires quand on vend une vieille église en ruine pour qu'elle soit transformée en *McDonald's*.

— Ah ! Vous savez, Foxon, vous me surprenez parfois par votre érudition. Eh bien, pas étonnant que le vieux Treeves ait fait une tête de canard à l'agonie, s'il est bon pour une sacrée engueulade ! D'un autre côté, d'après ce que vous dites, il se pourrait que l'archidiacre en question préfère l'argent de l'assurance aux bidules en argent... Ma parole, ce serait une fameuse affaire, non, si on démasquait un gang de pasteurs ripoux qui chouravent leur propre quincaillerie, hein ?

— ... alors je me suis dit que j'allais passer vous faire une petite visite pour vous demander comment ça se passe, monsieur.

— Et je suis ravi de vous voir, Delphick, mon vieux. J'ai le plaisir de vous dire que, jusqu'à présent, tout est impeccable et aux petits oignons. Nigel est au septième ciel — il joue les chauffeurs et transporte mademoiselle où elle veut — et elle a l'air plutôt satisfaite. Elle ne dit pas grand-chose, notez, mais à en juger par ce qu'elle engloutit aux repas, je n'ai pas l'impression qu'elle se ronge les sangs, ajouta sir George Colveden qui se tripota la moustache un instant et se rembrunit. Sale histoire pour Miss Seeton, hein ? Où va le monde quand une dame ne peut même plus aller porter un bouquet de fleurs dans sa paroisse sans se faire agresser par des malandrins !

— Je ne lui ai pas encore parlé, mais l'inspecteur Ranger m'a téléphoné avant que je parte de chez moi, ce matin, et j'ai cru comprendre qu'elle avait pu s'expliquer assez clairement. Apparemment, elle est en pleine forme aujourd'hui, après une bonne nuit de sommeil.

— Comme on s'y attendrait, mon vieux, venant d'elle. Miss Seeton est de la vieille école, voyez-vous, fit sir George, soulignant son propos d'un hochement de tête satisfait, conscient du fait que toute personne au jugement sûr qui le connaissait, lui, eût fait la même remarque à son propos. Mon épouse a dit qu'elle irait la voir plus tard dans la journée. Lui apporter un pot de confiture ou autre chose, bien que je ne voie guère en quoi la confiture pourrait être utile à une personne qui se remet d'une mésaventure... Bon, nous parlions de la fille du petit Thumper. Vous arrivez à quelque chose ? Je veux dire, pour retrouver le type qui est à l'origine de ces horribles lettres.

Delphick fit une grimace dubitative et expira par le nez :

— Ça dépend de quel point de vue on se place. En l'absence de pistes plus probantes, on a dû suivre l'hypothèse qui semble la seule plausible, à savoir que les lettres émanent d'un ancien tôlard qui aurait une dent contre sir Wilfred. Un homme qui aurait été libéré à peu près à l'époque où les lettres ont commencé à arriver. En tant que magistrat, vous savez que le ministère de l'Intérieur croule sous les statistiques à propos de tout et de rien...

— Le pourcentage de faussaires gauchers et roux dans la population carcérale, ce genre d'ânerie ? Tout à fait. Mais vous allez me dire que, quand vous avez demandé une petite chose aussi simple que la liste des gars qui ont été mis à l'ombre par sir Wilfred...

— Exactement, monsieur, répondit Delphick, qui constatait une fois encore que sir George n'était pas aussi bête qu'il en donnait souvent l'impression. Ils se sont montrés moins qu'aimables, pour dire les choses poliment.

— Les fonctionnaires ? De minables imbéciles arrogants, pour la plupart. Savez-vous ce que je fais quand je dois écrire à l'un d'eux, Delphick ? Je signe : « Vous êtes, monsieur, mon docile serviteur, G. Colveden[1]. » Non que ça change quoi que ce soit, notez bien, mais j'aime à souligner la chose. Ainsi vous avez dû envoyer des hommes se balader dans les prisons de Sa Majesté. Pour examiner les registres des libérations ?

— Encore en plein dans le mille, mon général ! Je m'aperçois que j'aurais dû vous consulter dès le départ. On a aussi pas mal compulsé les minutes des tribunaux. Bref, pour vous épargner le long récit de détails ennuyeux, nous sommes parvenus à dresser une liste. Et nous avons pu éliminer une bonne part des noms, avec un degré de certitude raisonnable. En revanche, nous sommes loin d'avoir en vue un sus-

1. Sir George paraphrase une des formules de politesse épistolaire anglaises : « Je suis, monsieur, votre humble serviteur. » (*N.d.T.*)

pect précis, sans compter qu'il y a toujours le risque de tomber complètement à côté de la plaque.

— Parfaite confiance en vous, mon cher. Et en Brinton, bien sûr, ajouta charitablement sir George après une pause perceptible. Je suppose qu'il poursuit les misérables qui ont malmené Miss Seeton. Brinton a tendance à foncer comme un éléphant dans un magasin de porcelaine, d'après mon expérience ; cela dit, on n'a pas à s'embarrasser de trop de subtilités quand on a affaire à une compagnie aussi choisie. Comme je le leur ferai comprendre sans ambages s'ils comparaissent devant moi, le moment venu, je peux vous l'assurer ! Bon, alors, où en étais-je donc ? Ah, oui, Brinton. Je ne peux pas dire que je regrette qu'il soit pris par d'autres obligations, actuellement : entre vous et moi et le mur d'en face, il a un peu trop forcé sur le petit jeu de la protection rapprochée de Patricia. Nigel et elle n'ont pas le temps de franchir le portail qu'ils sont poursuivis par de pleines voiturées de flics. Dites donc, je viens juste de me rappeler que mardi prochain, on doit aller à ce festival d'opéra, ce machin huppé à Glyndebourne, c'est ça ? Une invitation de Thumper. Une perspective parfaitement épouvantable pour moi. Eh bien, pas question de me trimbaler avec les gugusses de Brinton ce soir-là, j'aime autant vous dire...

— Oh, mon dieu, Mr. Delphick, je suis tellement navrée des ennuis que j'ai causés à tout le monde, et surtout à ce pauvre Mr. Ranger — Bob, je veux dire, puisqu'il faut que je me souvienne de l'appeler ainsi.

Observant le mouvement ascendant d'un des sourcils de son supérieur, Ranger se racla bruyamment la gorge :

— Ce n'est rien, monsieur. Juste un brin de torticolis, pour avoir dormi sur le divan de Miss Seeton...

— Si généreux et attentionné de votre part, bien que je n'aie sûrement pas eu besoin de protection, vu que le monsieur — pourquoi l'ai-je appelé comme ça, je n'en sais rien —, l'*individu* qui m'a adressé la parole m'a bien expliqué que lui et ses amis reviendraient pour, euh, faire des réclamations si j'appelais avant d'avoir compté jusqu'à mille, et ça m'a pris bien plus longtemps que ça. Parce que j'ai cassé ma torche sur la tête de l'autre, voyez-vous. Pour trouver la porte, veux-je dire, et l'ouvrir.

— Vous êtes bien sûre qu'il y avait trois hommes en tout, Miss Seeton ?

— Tout à fait sûre, Mr. Brinton. Celui qui est arrivé par-derrière quand j'appelais le pasteur — sauf que ce n'était pas le pasteur, bien sûr. Et, maintenant que j'y pense, je me rends bien compte qu'il n'était guère plausible que Mr. Treeves se trouve à la sacristie dans le noir et laisse tomber des choses, au lieu d'allumer la lumière. Comme j'aurais dû le faire aussi, si j'avais su où se trouvaient les interrupteurs. Mais dans ce cas, j'aurais raté l'effet spectaculaire du crucifix illuminé par le rayon lumineux de ma torche, non ? Et les deux qui sont sortis pour l'aider après que je l'ai frappé — Miss Seeton s'arrêta, manifestement gênée, et se tordit les mains. Vous savez, j'aimerais tant pouvoir dire que le coup n'était pas intentionnel, mais je crains...

— Juste ciel, vous n'allez tout de même pas gaspiller de la pitié pour celui qui vous a agressée, non ?

— Euh, non, sa conduite était vraiment déplorable et, à ce moment-là, je n'avais naturellement pas le moyen de savoir que je l'avais déjà vu...

— Vous *quoi* ? Excusez-moi, je n'avais pas l'intention de crier.

— Il n'y a pas de mal, Mr. Brinton, dit-elle d'un ton poli.

Honteux, Brinton reposa sa question tout doucement, d'un ton presque révérencieux.

— Puis-je vous demander de confirmer cela ? Si j'ai bien compris, vous êtes en mesure d'identifier au moins l'un des hommes qui se trouvaient à l'église hier soir ?

— Eh bien, je ne sais pas qui il est, mais je l'ai vu au match de tennis.

Delphick intervint :

— S'agit-il du match que vous êtes allée voir à Londres, Miss Seeton ?

— Avec les Treeves et Nigel, oui, c'est ça. Sir Wilfred et lady Thumper étaient là aussi ; je l'ai vu en doge de Bellini — un caractère fort, quoique étrangement mélancolique en même temps, vous savez. Tandis que le Tintoret...

— Un instant : qui est le Tintoret ?

— Rien que le fruit de mon imagination, Mr. Delphick. Juste qu'il me faisait penser à l'autoportrait du Tintoret — je suis sûr que vous le connaissez. La barbe, vous savez, et ce terrible air d'être hanté par quelque chose.

— Laissez-moi m'assurer que je comprends bien, s'il vous plaît : vous avez vu au match de tennis un homme qui vous rappelait le Tintoret et c'est ce même homme qui est arrivé en catimini derrière vous, hier soir ?

— Comme je viens de vous l'expliquer, Mr. Delphick.

— En effet, merci. Je suis navré de poser une question aussi bête, mais comment avez-vous pu vous en rendre compte, dans le noir ?

— Eh bien, je dois avouer que ça ne m'a pas frappée à ce moment-là. Voyez-vous, j'étais quelque peu perturbée. Et tout est devenu noir comme dans un four, pendant une ou deux minutes, après que j'ai cassé ma torche. Mais l'un des hommes qui est sorti de la sacristie portait une petite lampe de poche et je suppose que j'ai dû inconsciemment enregistrer une sorte d'impression avant que son chef lui ordonne de l'éteindre.

— Donc, vous ne vous en êtes pas rendu compte à ce moment-là. Alors, puis-je vous demander à quel moment ? Vous avez pris conscience, je veux dire. Que c'était le même homme — Delphick s'interrompit brusquement, consterné de constater qu'il parlait exactement comme Miss Seeton quand elle était lancée.

Heureusement, personne ne semblait l'avoir remarqué.

— Un peu plus tard. Après que le Dr. Wright et Anne eurent très gentiment badigeonné du désinfectant sur les petites égratignures que j'avais çà et là, je ne me sentais pas trop mal, couchée dans mon lit, à cent lieues de me douter que ce cher Bob s'était porté volontaire pour rester ici et qu'il tentait de trouver une position pour dormir sur ce divan malcommode...

— Oui, oui, et nous pensons qu'il survivra, Miss Seeton...

— Voyons, vous me taquinez, Mr. Delphick.

L'intéressé sourit :

— Désolé. Trop impatient de savoir. Prenez votre temps.

— Oui, bon, tout d'un coup je me suis souvenue que sa barbe m'avait chatouillé le cou, voyez-vous. Et là, j'ai dû m'endormir car j'ai fait un rêve assez confus, sans doute parce que j'avais pensé à *Aïda*. Au fait, c'était *bel et bien* Victoria Sladen, j'en suis sûre. Mais sans raquette de tennis, ça va sans dire. Par une de ces horribles nuits de brouillard comme on en avait chaque hiver à Londres, jusqu'à ce que les gens cessent de brûler du charbon. Dans les années cinquante, n'est-ce pas ?

— Le *smog* tueur, comme on disait, précisa Brinton, prenant part à la conversation, ce qui lui valut un regard noir de la part de Delphick. Diabolique, que c'était, ajouta-t-il d'un ton insouciant.

— Je me suis réveillée à un moment de la nuit et, simplement, je savais que c'était le Tintoret.

Delphick réfléchit, puis releva les yeux, plein d'espoir :

— Vous n'avez pas par hasard de reproduction de ce tableau parmi vos livres d'art, non ? Ce n'est pas essentiel, je suis sûr qu'on pourra s'en procurer une chez *Hatchards* ou ailleurs, mais...

Miss Seeton fit non de la tête, tristement :

— Je crains bien que non. J'ai bien fait une esquisse de l'homme, après, si ça peut vous intéresser. Après le match de tennis, je veux dire.

Elle se leva et alla farfouiller dans les dessins empilés au petit bonheur la chance sur son bureau démodé, sous l'œil admiratif et impressionné de ses visiteurs.

CHAPITRE XI

— Soyez raisonnable, plaida Mel, avec un sourire voluptueux.

Delphick se dit qu'il ne l'avait jamais vue aussi féminine et séduisante. Elle s'était embusquée au *George and Dragon* et les avait coincés, Ranger et lui, après que le commissaire Brinton et l'enquêteur Foxon furent partis, leurs sandwiches à peine avalés, Brinton ayant décidé qu'ils devaient aller interroger les pasteurs des deux autres églises cambriolées dans la nuit.

— Je suis toujours raisonnable, Mel. L'inspecteur Ranger peut lui-même vous confirmer que, s'il m'arrive de rugir, je le fais avec toute la douceur d'une colombe qui roucoule.

Bob leva les yeux au ciel mais jugea qu'il valait mieux rester coi.

— Mais quand je dis « pas de commentaire », c'est pas de commentaire, déclara Delphick.

Delphick aimait bien Amelita Forby et la respectait. Elle s'était plus d'une fois révélée une précieuse alliée et il n'avait aucune envie de la retourner contre lui. D'un autre côté, il allait lui falloir réfléchir sérieusement avant qu'il décide de la meilleure ligne de conduite à adopter après la nouvelle incroyable que

Miss Seeton avait si nonchalamment divulguée. En tout cas, il n'était pas à la veille d'autoriser qu'on en parlât dans la presse populaire.

— Mais chacun en parle à Plummergen, pour l'amour du ciel ! Vous ne connaissez pas l'efficacité de la rumeur dans un village ? Ils sont également tous au courant des cambriolages dans les deux autres églises. Mais surtout, il y a des tas d'histoires invraisemblables qui circulent sur le compte de Miss Seeton. Écoutez, vous débloquez à fond, si vous vous imaginez que vous allez pouvoir empêcher que son nom paraisse dans les journaux ! En fait, je vais donner la nouvelle au *Sunday Negative* — il me reste juste le temps. Si j'attends ma chronique habituelle du lundi dans le *Daily*, les autres en auront probablement déjà parlé et la concurrence risque de publier des trucs qui gâcheront tout.

— Dans le journal de *demain* ? Hors de question. De toute façon, cette affaire est du ressort du commissariat du Kent, et non de Scotland Yard, dit-il, souffrant en son for intérieur de s'entendre prendre un ton si pompeux. Mr. Brinton aura peut-être des déclarations à faire aux médias quand il aura visité les deux autres villages.

— Et alors, on s'en fiche pas mal !

Mel se sentait merveilleusement bien. Youpie, à quoi sert de dormir, au fond ? Elle éprouvait bien ce décuplement des forces que les Écritures attribuent à un cœur pur sauf que dans son cas, la cause était peut-être carrément inverse. Elle arriverait *tout juste* à supporter d'être séparée du délicieux Thrudd pendant une heure, le temps qu'il prît des photos de l'église, du pasteur, et avec un peu de chance, de Miss Seeton en personne. Mais elle avait déjà des projets pour eux deux, quand elle aurait téléphoné son histoire au service informations de l'édition dominicale du *Negative*.

— Laissez-moi vous dire quelque chose, reprit-elle après avoir dégluti avec effort et fait de son mieux pour chasser les images de plaisir — ô combien distrayantes ! — qui mitonnaient doucement sur le feu de sa conscience. Mon journal ne me paie pas pour me prélasser à Plummergen à ne rien faire, pendant que le *Kent Messenger*, le *Brettenden Advertiser* ou une autre feuille de chou locale envoient un gamin boutonneux parler à Brinton et faire un scoop avec son histoire. Tenez, je ne sais pas pourquoi je suis si gentille avec vous, mais vous pouvez lire mon brouillon.

Mel farfouilla dans son sac à bandoulière et en tira un carnet à spirale déjà ouvert. Elle revint deux pages en arrière avant de le passer à Delphick :

— Ne vous en faites pas, ce n'est pas en sténo. Et quand j'étais à l'école, j'ai gagné un prix d'écriture.

Voici ce que lut Delphick :

L'ÉCLECTIQUE PÉBROQUE VENGEUR
CHANGE D'ARME

Une chaleureuse réception nocturne pour les voleurs

Les habitants du petit village endormi de Plummergen, dans le Kent, sont à bon droit fiers de leur célébrité locale, Emily Seeton, professeur de dessin à la retraite, nous écrit Amelita Forby, notre Seetonologue distinguée, lauréate de plusieurs prix. Les fidèles lecteurs du *Negative* se rappelleront les nombreux exploits accomplis par la redoutable petite dame au cours des années écoulées, et seront ravis d'apprendre qu'elle a démontré ces jours derniers qu'elle tenait toujours sa forme éblouissante.

Cet improbable fléau de la fraternité du crime se sépare rarement de son fidèle parapluie qui a figuré dans tant d'aventures, parmi ses plus remarquables. Mais lorsqu'elle s'est rendue à l'église du village, vendredi soir, tard, en vue de planifier la décoration florale qu'elle allait réaliser pour l'office du dimanche, Miss Seeton a estimé qu'elle pourrait s'en passer, portant en son lieu et place une longue et lourde torche, comme on a le bon sens d'en garder toujours une sous la main à la campagne.

Tant mieux pour elle et tant pis pour le trio de cambrioleurs qu'elle a surpris en train de vider l'armoire contenant la précieuse collection de calices d'argent et d'autres pièces rares appartenant à l'église. Brandissant sa torche, telle Excalibur, la légendaire épée du roi Arthur, Miss Seeton est arrivée parmi les escrocs et leur a fait passer un mauvais quart d'heure avant qu'ils ne s'enfuient, paniqués mais, hélas, toujours en possession de leur butin au complet. On s'est par la suite aperçus que deux autres églises de villages de la région avaient également été dévalisées vendredi soir ; la police du Kent suppose que c'est le même gang qui en est responsable et que les voleurs sont partis avec un butin dont la valeur s'élève à plusieurs milliers de livres.

Interviewée au lendemain de ces péripéties, Miss Seeton, calme mais vive, a déclaré à votre serviteur qu'elle n'avait « rien fait qui sorte de l'ordinaire » et que l'incident était « vraiment fort regrettable ». À la question de savoir si elle n'avait pas été un peu téméraire de se jeter dans la bataille alors que trois escrocs décidés semblaient avoir un net avantage sur un professeur à la retraite, Miss Seeton a souri, insondable.

À croire que cela arrive tous les jours — ou plutôt toutes les nuits — dans la vie de celle qui est la conseillère à mi-temps de Scotland Yard et notre retraitée vedette. Celle à propos de qui le commissaire divisionnaire Delphick, de Scotland Yard, a déclaré : « Bla, bla, bla... Bla, bla, bla... Miss Seeton a déjà fourni à la police de précieux renseignements qui, nous l'espérons, nous conduiront à procéder à des arrestations prochaines. » Etc.

Ayant lu l'article une fois, puis deux, Delphick soupira, hocha longuement la tête et passa le bloc à Ranger. Puis il regarda Mel d'un air lugubre :

— Je vous félicite pour votre parfaite maîtrise du déplorable style maison du *Negative* et votre attitude parfaitement cavalière par rapport aux faits. Ce n'est pas du tout ce qui s'est passé, et vous le savez fort bien.

Mel haussa les épaules :

— Première règle du journalisme populaire : les faits ne doivent pas vous empêcher de raconter une bonne histoire.

— Je vous en prie, Mel. Je sais que ce n'est pas exactement un secret d'État que Miss Seeton travaille parfois pour nous, mais avez-vous *vraiment* besoin de l'étaler de la sorte ? Et je refuse absolument que vous me citiez. « Bla, bla, bla », et quoi encore !

— C'est à vous de remplacer les « bla, bla, bla » par vos paroles, Mr. Delphick. J'ai juste mis ça pour indiquer en gros la longueur de la citation que j'attends de vous.

— Non et non ! Mille fois non !

— Comme c'est dommage ! Eh bien, dans ce cas, je suppose que je devrai remplir cet espace en mentionnant que, par le plus grand des hasards, un autre personnage médiatique séjourne actuellement à Plummergen, une vedette du tennis incognito qui est l'invitée du sang-bleu local, sir George Colveden. Je serai bien obligée, non ? De quoi faire accourir tous les charognards de Fleet Street[1] au triple galop, précisa Mel avec un battement de cils langoureux.

— Mel, vous *ne feriez pas ça* ? s'indigna Delphick, ajoutant après une pause : Si ?

— Vous verrez.

— Mais comment diable l'avez-vous su ? glapit Delphick qui se retourna sur son fauteuil pour fusiller Ranger d'un regard assassin. C'est vous qui avez fait ça ? Si oui, le Seigneur ait pitié de vous, car moi, je ne vous raterai pas !

— Calmez-vous, Mr. Delphick. Bien sûr que non, que ce n'est pas Bob, soupira Mel. Franchement, vous êtes si naïfs, parfois, vous les gros bonnets. Vous mitonnez vos petites magouilles secrètes en vous imaginant que le reste de la population est trop bête pour voir que un et un font deux. Pourquoi croyez-vous que deux journaleux cotés, tels que Thrudd et moi, se trouvent justement par hasard à Plummergen ? Juste au cas où Miss S s'apprêterait à faire un de ses petits tours de passe-passe ? Notez qu'on ne risque pas grand-chose à parier qu'il lui arrive *quelque chose* de bizarre au moins une fois par semaine, mais regardez les choses en face : cette histoire de cambriolage n'est pas très médiatique. Elle ne mériterait pas même un entrefilet dans la presse nationale, si ce n'était la célébrité de Miss S. Non, monsieur, je suis sur l'affaire Trish Thumper depuis le tout début et nous sommes là pour voir ce que Miss S va en faire quand elle s'y retrouvera mêlée. Car je vous parie mon dernier kopeck que ce sera le cas.

— Toutes mes excuses, Bob. Je n'aurais pas dû

---

1. Rue de Londres où se trouve le siège de la plupart des grands groupes de presse. (*N.d.T.*)

m'abaisser à caresser l'idée que vous ayez pu cafter. J'aurais dû comprendre que cette femme implacable allait me battre sur mon propre terrain, une fois de plus. Et maintenant, voyez comme elle me tient à sa merci !

— Voyons, ce n'est pas aussi terrible que ça ! Rendez-moi mon carnet, Bob. Relisons un peu le dernier paragraphe, réfléchit Mel. Bon, je vous propose un marché, d'accord ? Vous me tenez au courant et je ne soufflerai pas mot de ce que je sais avant que vous ne me donniez le feu vert. Je fais sauter la référence à la conseillère à mi-temps et je modifie le dernier paragraphe comme suit : « À croire que cela arrive tous les jours, et cetera, dans la vie de cette dame étonnante, aussi appréciée des responsables de la police que des lecteurs du *Negative*. Informé de l'événement, le commissaire divisionnaire Delphick, de Scotland Yard, a déclaré : "Nous avons de bonnes raisons d'être reconnaissants à Miss Seeton pour les actes de civisme qu'elle a accomplis par le passé, et je ne suis pas surpris d'apprendre qu'elle a une fois de plus prouvé sa bravoure et son ingéniosité." » Ça vous va ?

Delphick réfléchit un instant. C'était affreusement risqué de faire confiance à une journaliste décidée et très professionnelle, du calibre de Mel. Puis, se rappelant les autres fois où il avait dû se fier à elle et songeant surtout que, ce coup-ci, il n'avait pas le choix, il fit oui de la tête :

— D'accord, vous avez gagné. Et, euh, au fait, vous pouvez laisser la dernière phrase mentionnant qu'elle a fourni de précieux renseignements à la police, de nature à conduire à des arrestations prochaines.

— Vous êtes sûr ?

— Oui. C'est effectivement le cas, et quelqu'un peut prendre peur en voyant ça écrit noir sur blanc dans le journal, et faire une bêtise qui nous sera profitable.

— Voyons, voyons, protesta Norman au téléphone d'un ton tranchant. J'veux pas que t'ailles faire une connerie. J'sais que t'as eu tes prop' ennuis avec les poulets, mais tu les connais pas comme que j'les connais. Penses-tu ! reprit-il, après avoir écouté assez attentivement la longue réponse de William Parsons. J'ai eu plus longtemps que toi pour gamberger là-dessus. Même que j'ai déjà tiré 'Arvey de son sommeil de beauté pour y dire. Bon, d'accord, c'est un sale coup que la vieille, elle est qui qu'elle est. Mais ça change rien, Bill. Et cette histoire d'arrestation prochaine, c'est le genre de baratin qu'y sortent toujours, juste pour faire croire à leurs chefs qu'y méritent leurs sous. Qu'esse-tu chantes ? S'écraser ? Pas question, mon gars. Nôôn, une parole, c'est une parole. On sait où ce qu'est elle, la gamine Thumper, et 'Arvey et moi, on fera not' part du boulot. Justement, j'compte aller faire un tour par là plus tard, quand que les pubs, y seront ouverts. Z'ont la langue déliée, les péquenauds. J'te repasse un coup de bigophone ce soir, quand que j'aurai pondu un plan. En attendant, fais pas la tronche, mon poteau, on n'est pas encore clamsés, on s'porte même comme des charmes.

Norman reposa le combiné, passa quelques instants à sucer ses chicots, redécrocha et composa un autre numéro. La sonnerie retentit longuement avant qu'on ne décroche.

— Ben, y serait temps, merde ! Encore moi ? Quoi ? Dans ton bain ? Tu sais quoi : tu vas finir par te dessécher le cuir, à force de prend' tout l'temps des bains, t'auras plus une goutte d'huile naturelle. Un gazier dans un pub, y m'a raconté que c'était arrivé à sa poulette. Écoute, 'Arvey : tu t'souviens de quoi que j't'ai causé l'aut' nuit, après que Bill, il est rentré à sa crèche ? À propos de son idée fumeuse de kidnapper l'aut' nana ? Bon, eh ben, p'têt' ben qu'on va lui donner un coup de main, annonça-t-il, tenant le combiné à bout de bras jusqu'à ce que cessent les jacassements exaspérés qui sortirent de l'écouteur. Tu commences à te répéter, fiston, reprit-il alors. Ouvre bien tes portugaises et écoute un peu. Comme que j't'ai dit, y a qu'moi qui l'ai ouverte, à l'église. Toi, t'as aucune raison d'les mouiller. De toute façon, j'suis sûr qu'y a pas l'ombre d'une chance qu'elle nous a fichés. D'un aut' côté, paraît que c'est une rouée, alors j'ai pensé à des moyens de s'offrir une sorte d'assurance, comme que tu dirais. Penses-tu, pas au bigophone ! Passe donc chez moi d'main matin, à dix heures et demie.

— Thrudd, chéri ?
— Mmm ?
— C'est l'matin, délicieuse créature.
— J'veux pas l'savoir.
— Dimanche. Ça veut dire qu'on peut toujours se recoucher après, mais tu ferais mieux de rentrer dans ta chambre avant que la femme de chambre passe faire les lits. La voie sera de nouveau libre quand on aura pris le petit déjeuner et acheté le *Negative*.
— Qu'elle aille se faire enfiler, la femme de chambre !
Mel le couva d'un regard plein de fierté :
— Non, quand même, tu ne pourrais pas, murmura-t-elle. Même pas toi, superman. Pas après... Oh, au fait, n'essaie pas de relever le store.
— Le store ? Qu'est-ce que tu veux dire ?
— J'ai l'impression que tu risquerais de remonter avec.

Lady Colveden pénétra dans la cuisine et resta figée sur place, stupéfaite :

— Pourquoi brandis-tu cette rose, Nigel ?

— Rose ? Quelle rose ? Ah, tu veux dire *cette* rose ?

— Oui, celle que tu brandis.

— Oh, on peut difficilement appeler ça *brandir*, m'man. Dis donc, t'es drôlement matinale, non ?

— Ne noie pas le poisson, Nigel, il y a un plateau sur la table.

— Ah, tiens, c'est vrai.

— Sur lequel se trouvent une théière, un pot de lait, et cetera. Et deux de mes biscuits extra de chez *Fortnum's*[1].

— En effet.

— Très bien. Pose la rose à côté de l'assiette et je monterai le plateau du petit déjeuner à Patricia.

— Oh, euh, à vrai dire, je pensais...

— Je vois parfaitement à quoi tu pensais, Nigel. Sans parler du fait que tu es déjà rasé et que tu pues l'eau de Cologne ! lança-t-elle, la bouche agitée d'un tremblement nerveux. Désolé, mon cher, mais il faut que je t'explique que toutes les femmes au-delà de l'âge de la puberté préfèrent ne pas recevoir la visite d'un homme avant de s'être regardées dans la glace, d'avoir poussé un cri d'horreur silencieux et fait quelque chose pour remédier à ce qu'elles ont vu. Ne prends pas cet air de chien battu : je lui dirai que la rose vient de toi !

Meg Colveden était à mi-chemin de la porte quand elle se retourna, sidérée :

— Nigel... tu ne fais pas ça tous les matins, depuis qu'elle est là, non ?

---

1. Épicerie de luxe à Londres, dans le genre de Fauchon à Paris. (*N.d.T.*)

— Non, souffla Nigel, démoralisé. Ça m'est venu ce matin en me levant.

— Bon, grâce au ciel ! Je vais te dire quoi, ajouta-t-elle, prenant pitié de ce fils qu'elle adorait. On est dimanche, aujourd'hui, donc pas d'entraînement, non ? Alors, pourquoi tu n'invites pas Patricia à faire une petite promenade avec toi, un peu plus tard ? Ça vous aiguisera l'appétit pour le déjeuner. Je suis sûre qu'elle acceptera.

Nigel se dérida :

— Vraiment, tu crois, m'man ?

— Bien sûr que oui.

« Parce que je lui ferai bien comprendre qu'elle a sacrément intérêt à y aller », se dit lady Colveden en montant l'escalier, le plateau à la main.

Norah Blaine entendit rentrer Erica Nuttel. Erica aurait de toute façon réveillé un mort, à sa façon de claquer la porte, mais il se trouvait que Norah était déjà levée. Elle se hâta de mettre leurs œufs dans l'eau qu'elle avait fait bouillir et régla le minuteur sur quatre minutes. Erica avait tendance à être assez tatillonne sur la cuisson de son œuf. Norah se retourna quand son amie entra dans la cuisine et s'étonna de lui voir un journal plié sous le bras.

— Pourquoi es-tu sortie acheter un journal, Erica ? Il y a longtemps que le gamin est venu déposer notre *Sunday Telegraph*. Oh, mon dieu, tu as l'air fâchée !

— Je ne suis pas fâchée le moins du monde, protesta Miss Nuttel.

Mrs. Blaine savait qu'elle l'était, les années vécues ensemble l'ayant rendue experte en détection des humeurs de son amie.

— Pas plus qu'étonnée, d'ailleurs, continua Erica, parce que je m'attendais à quelque chose de ce genre.

Mais ça ne m'empêche pas d'être écœurée. Regarde un peu !

Mrs. Blaine prit le journal qu'elle lui fourrait sous le nez et le déplia. Il était déjà ouvert à la page trois, barrée d'un gros titre proclamant : L'ANGLETERRE EST FIÈRE DE VOUS, MISS S ! Si les secrétaires de rédaction chérissent le privilège d'inventer leurs propres titres, l'article que lut Mrs. Blaine était en substance celui que Mel Forby avait dicté au téléphone l'après-midi de la veille.

— Oh, mon dieu, c'est cuit ! s'écria Mrs. Blaine en entendant sonner le minuteur.

Elle enleva la casserole du feu, sortit les œufs avec une grande cuillère, les mit dans des coquetiers de faïence rouge vif, décorés de portraits de Titi, un personnage de dessin animé[1], les posa sur la table et s'affala sans force dans un fauteuil.

— Et c'est tout ce que tu trouves à dire, je te prie ?

— Euh, je vois bien que ça te chiffonne beaucoup, Erica.

— Me chiffonne ? Mais c'est un scandale ! Il est parfaitement évident qu'une fois de plus, la justice est bafouée. C'est cette créature, la Forby, et cette bonne femme qui sont derrière ces cambriolages, Norah. Maintenant je me rends bien compte qu'elles étaient en train d'en tramer les détails, le fameux après-midi. Sinon, qu'est-ce que cette bonne femme serait venue faire à l'église cette nuit-là ? Prévoir la disposition des bouquets, mon œil ! Et dans le noir, hein ? Non, c'est elle qui a supervisé l'affaire, qui a introduit ses comparses dans la place, en toute sûreté, pour ensuite prétendre qu'elle avait essayé de les arrêter. Et

1. Dans la version française du dessin animé de Walt Disney, Tweetie-pie, le canari, est devenu Titi que pourchasse Glominet, Sylvester the Cat. (*N.d.T.*)

maintenant, la Forby a comme de bien entendu publié le fatras de mensonges qu'elles avaient concocté ensemble à l'avance.

— Quand tu l'expliques comme ça, Erica...

— Même toi, tu peux voir la force de mon argument. Exactement.

— Mais que vas-tu faire ?

— Mon devoir.

— Quoi, prévenir la police, tu veux dire ?

— Vraiment, Norah ! À quoi veux-tu donc que ça puisse servir ? Elle a la police dans sa poche. Non, j'ai l'intention de la dénoncer publiquement.

— Quand tu l'as fait au *Women's Institute*, elles n'ont pas voulu écouter. Paraît qu'on n'avait pas payé nos cotisations.

— Je choisirai l'heure et la manière qui me conviennent, Norah. Maintenant, mange ton œuf avant qu'il refroidisse !

CHAPITRE XII

Assis dans son bureau de New Scotland Yard, le commissaire divisionnaire Delphick songeait qu'il est dur d'arriver à grand-chose, le dimanche. Il y avait déjà pas mal d'années qu'il n'était plus tenu de prendre son tour pour assurer la permanence du week-end, comme tout le monde, et quand on le dérangeait pendant le jour du Seigneur, c'était généralement pour se rendre sur le lieu d'un crime ou d'une urgence spectaculaires, avec des spécialistes ad hoc, prêts à s'affairer sous ses ordres, week-end ou pas. Il en était donc venu à supposer, par la force de l'habitude, que la police métropolitaine fonctionnait aussi normalement le samedi et le dimanche que lorsqu'il s'absentait pour ses congés annuels. Ne se souvenant pas de la dernière fois qu'il était entré dans son bureau en dehors de la semaine, il avait été choqué de constater que c'était une vraie tombe, cet endroit-là.

Au même titre que le reste du bâtiment, à vrai dire. Les rares personnes présentes donnaient l'impression de ne rien avoir à faire là, à considérer leur étrange accoutrement. Des visages de gens qui étaient des fonctionnaires sobres et conventionnels en temps normal, il le savait, fleurissaient à présent sur des tenues excentriques. La seule personne qu'il avait trouvée au service de presse et des relations extérieures — une jeune femme en blouse de coton sans manches, jupe réduite à sa plus simple expression et sandales sur des pieds nus — avait bavardé en sa compagnie quelques minutes avec une aisance où pointait un soupçon de flirt, avant qu'il reconnût en elle Miss Moody, chargée des circulaires et des coupures de presse, une jeune femme normalement si sérieuse et posée.

Miss Moody avait juste fini de parcourir les journaux quand Delphick était arrivé et elle lui confirma au moins qu'aucun des rivaux de la presse dominicale n'avait eu le temps de reprendre l'histoire parue dans le *Negative*. Il ne fallait pourtant pas tenir pour acquis que les cambrioleurs de Plummergen lisent le *Negative*, on ne pouvait que l'espérer.

Après avoir passé une série de coups de fil, Delphick comprit une chose : ce serait un miracle s'il progressait ce jour-là dans sa tentative d'identifier l'homme dépeint dans les deux ou trois esquisses qui se trouvaient sur son bureau. Miss Seeton avait fait preuve de sa timidité coutumière pour les lui montrer et de sa réticence habituelle à les lui donner, même lorsqu'il lui avait rappelé que c'était ses services artistiques que Scotland Yard rétribuait.

Delphick fit la grimaçe et griffonna une note sur le bloc, devant lui, pour ne pas oublier de redire un mot aux gens du service financier. Apparemment, cette saloperie d'ordinateur *s'entêtait* à inscrire MISS-ESS sur ses chèques, au lieu de Emily D. Seeton et, bien que le directeur de l'agence de sa banque à Brettenden eût finalement compris la nature du problème, il insistait pour que Miss Seeton endossât ses chèques en signant du nom erroné, après avoir inscrit « Porter au crédit de E.D. Seeton ». Une pratique qui, s'était-elle plainte, lui donnait l'impression d'être retorse, voire un brin malhonnête.

Cette chère Miss Seeton — Dieu la bénisse ! — continuait néanmoins à valoir largement chaque penny des modiques appointements qui arrondissaient sa maigre retraite d'enseignante, contribuant à agrémenter son modeste train de vie à Plummergen. Delphick sourit tout seul, se demandant pour la énième fois comment cette personne douce et conciliante faisait son compte pour se retrouver invariablement au centre d'événements mouvementés, sinon violents. Un paratonnerre humain, aimait à dire sir Hubert Everleigh, si content de sa formule qu'il avait tendance à la répéter plusieurs fois dès qu'on mentionnait le nom de Miss Seeton. Un paratonnerre qui ne produit pas de décharges électriques mais des délinquants et des criminels, ajoutait le directeur adjoint et, pour douteuses que fussent les données de physique suggérées par la comparaison de sir Heavily, Delphick voyait ce qu'il voulait dire.

Si Miss Seeton était par bien des côtés le modèle même de la bonne vieille fille qui goûte une retraite tranquille, on n'avait guère le temps de s'ennuyer quand elle était quelque part. Et les événements survenant autour d'elle nourrissaient une imagination de toute évidence débordante. Tenez, ce dessin en haut de la page, là : Miss S aurait pu devenir un second Vicky[1] si elle avait choisi la caricature politique au lieu d'enseigner le dessin à des écolières. Il lui avait suffi de quelques traits de fusain hardis pour évoquer sir Wilfred Thumper avec une incroyable ressemblance. Un Thumper en robe — celle d'un juge ou d'une autre fonction —, coiffé non de la perruque habituelle des juges mais d'une sorte de bonnet de nuit ajusté. En tout cas, ce couvre-chef lui cachait les oreilles, attirant l'attention sur les lèvres minces, la

1. Célèbre caricaturiste politique. (*N.d.T.*)

mâchoire serrée, les rides profondes. Un visage de fanatique, songea Delphick en l'étudiant, celui d'un homme capable d'agir avec une cruauté lamentable, au nom de principes impressionnants.

Ou alors... Ne serait-ce pas plutôt le visage d'un maître d'école désillusionné et ironique, un homme intelligent se demandant où étaient passées les promesses d'avenir que ses professeurs d'université prétendaient voir en lui mais qui s'étaient évanouies, le laissant plein de mépris de soi, un tâcheron payé — mal — pour tenter de mettre un peu de sens commun dans la tête de jeunes loubards brutaux et boutonneux ?

Ce fut quelque chose dans le regard de ces yeux un peu petits mais rêveurs, enfoncés dans le visage osseux, qui évoqua chez Delphick un brin de pitié pour le sujet du dessin de Miss Seeton, lui rappelant ses propres réactions contradictoires face à cet homme, quand il était allé le voir. Les yeux, plus le fait que Miss Seeton l'avait représenté tenant la main d'une petite fille de cinq ou six ans, dans laquelle on reconnaissait clairement sa fille Patricia qui, manifestement, cherchait à se libérer de sa poigne. Aucun mérite à interpréter ce dessin-là, pensa Delphick qui le mit de côté pour regarder le deuxième.

Ainsi, c'était là l'homme-mystère : le type en uniforme de la *St John's Ambulance Brigade* qui avait attiré l'œil de Miss Seeton au *Hurlingham Club*, cet après-midi-là. Le même, avait-elle dit et redit, qui l'avait surprise en arrivant derrière elle à l'église de Plummergen et à qui elle avait infligé sinon des coups et blessures, tout au moins des ecchymoses, en le frappant avec la partie éclairante d'une longue et lourde torche. C'était probablement juste le filament de l'ampoule qui s'était cassé dans la bataille et

Miss Seeton recouvrerait sans doute l'usage de sa torche, le moment venu.

En tout cas, un bon point pour Thrudd Banner : tout le monde n'aurait pas eu sa présence d'esprit. Après être accouru avec Mel au secours de Miss Seeton, l'avoir détachée et ramenée chez elle, Banner était retourné à l'église avec deux sacs plastique propres. Se gantant une main avec l'un d'eux, il avait prestement ramassé la torche qui gisait sur les dalles de pierre, en la prenant par un bout, et l'avait mise dans l'autre sac, afin de conserver la moindre empreinte qu'elle pourrait receler. Avec un peu de chance, l'agresseur avait pu essayer de s'en saisir et y avait laissé une empreinte, ou encore Miss S pouvait avoir causé une lésion dans la peau du satané bonhomme. Sûr, il n'y avait pas trace de sang à l'œil nu, mais on ne sait jamais ce que ces cracks de la police scientifique peuvent aller dénicher, et l'identification du groupe sanguin, ce serait mieux que rien.

Quelle gueule extraordinaire, tout de même, ce Tintoret, version Miss S ! Autant l'appeler ainsi, faute d'un autre nom. Pour les yeux, c'était encore pire que Thumper : ceux de ce gars-là n'étaient que deux sombres mares de désespoir. Plutôt content de sa formule, Delphick se la répéta à haute voix. On aurait dit aussi les yeux d'un saint-bernard, à la fin d'une longue journée passée à escalader et à redescendre des cols alpins en trimbalant son petit tonneau de cognac. Paupières lourdes, larges cernes, regard fixe suggérant l'épuisement mais avec pourtant quelque chose de fondamentalement bon, au fond. Pas vraiment le genre de regard qu'on s'attendrait à trouver chez une brute capable de tabasser dans le noir une vieille dame fragile — enfin, *d'allure* fragile.

L'image du saint-bernard n'était pas mauvaise, en fait, car le Tintoret avait un gros nez mou et la bouche tombante. On ne voyait pas de bajoues, à cause de sa moustache fournie, mais il était raisonnable de penser qu'elles se cachaient derrière le poil. Il était planté là, en uniforme noir, tel un mort réchauffé. Note ça pour plus tard, mon vieux : les détenus ont-ils le droit de se laisser pousser la barbe en taule de nos jours ? Probablement, puisque ça fait une dizaine d'années que l'Angleterre est le royaume des chevelus, surtout depuis que les Beatles et compagnie se sont mis à jeter leur argent aux pieds de tous ces gourous indiens qui n'ont guère l'air de modèles d'hygiène.

Faudra se renseigner, tout de même. Miss S avait pu faire au Tintoret des moustaches plus exubérantes qu'elles ne l'étaient en réalité mais, manifestement, ces bacchantes-là ne dataient pas d'hier. Et on recherchait un ex-détenu dont la libération ne remontait qu'à quelques mois, bon, moins d'un an en tout cas. Note, mon gars : appeler la Royal Navy et demander combien de temps il faut, à leur avis, pour laisser pousser une moustache bien fournie.

Un mémo de plus, à ajouter aux autres. Delphick se rendit compte que, l'un dans l'autre, il allait devoir passer un sacré bout de temps au téléphone, le lendemain. Appeler le secrétaire du *Hurlingham Club* afin de savoir ce qu'ils prévoyaient normalement pour l'organisation des premiers secours, lors d'événements importants qui attirent des spectateurs en nombre. Le crétin qui avait répondu au téléphone une demi-heure plus tôt s'était avéré parfaitement inutile. Sans doute un barman suppléant dont on avait loué les services pour la journée.

Ensuite, il faudrait téléphoner au QG de la *St John's Ambulance Brigade*, quand il y aurait quelqu'un au bureau. Pour leur poser deux questions, l'une facile, l'autre pas : quelle était la succursale, la section ou la branche — qu'importe le nom qu'ils donnaient à la chose — responsable de l'envoi de bénévoles au *Hurlingham Club*, et y avait-il un registre national des personnes ayant appartenu à l'organisation au cours des... disons, des dix ans écoulés ?

Le service du casier judiciaire avait promis à Delphick que des tirages des photos anthropométriques de tous les hommes figurant sur sa liste l'attendraient sur son bureau dès la première heure, le lundi. En d'autres termes, probablement vers l'heure du déjeuner. Il avait suffisamment foi dans le talent de Miss Seeton pour être sûr que le rapprochement serait facile, si leur cher ami *était bien* un des suspects éventuels, mais il y avait sûrement quelque chose à faire entre-temps pour avancer un peu l'affaire.

La National Gallery était ouverte, le dimanche après-midi. Pourquoi ne pas y faire un tour et jeter un œil sur les tableaux que Miss S avait mentionnés ? Minute ; a-t-elle bien dit qu'ils se trouvaient tous les trois à la National ? Pour le doge de Bellini, c'est certain. Pas très sûr pour le Tintoret, en revanche. Pas grave, c'est facile de se procurer un de ces livres d'art qui sont des recueils de reproductions. Pas besoin de cavaler jusque chez *Hatchards*. Ils auraient sûrement ça aux *Army and Navy Stores*, presque en face, dans Victoria Street, ou même à la bibliothèque publique de Great Smith Street. Et le troisième nom : qu'avait-elle donc dit ?

Delphick considéra le troisième dessin, le plus bizarre de la série, et fouilla sa mémoire. Le Titien, c'est ça. Une histoire de mort. Voilà, ça y est : *la Mort d'Actéon*, à la National Gallery. Là, sous les yeux, il avait la version de Miss Seeton. Trish Thumper, de nouveau elle, mais une Trish adulte cette fois, sans aucun doute : le nichon droit pointant hors de la robe de tennis, elle se jetait en avant, agitant sa raquette pour faire avancer une meute de chiens. Deux des bêtes avaient déjà atteint leur proie et bondissaient pour la jeter à terre et la mettre en pièces. Une proie qui n'était autre que — bon dieu, c'était si subtilement suggéré et de couleur si sombre qu'il ne l'avait pas distingué plus tôt : mais oui, c'était bien de nouveau ce pauvre vieux Tintoret ! Et les visages des deux chiens hurlants, avides de sang, ne ressemblaient-ils pas un tantinet à celui de sir Wilfred Thumper et... et au *sien* ? Delphick y regarda de plus près, prit le dessin en main pour l'examiner sous la fenêtre, à la lumière du jour, et réfléchit. Mais oui, que la ressemblance y était — bon sang ! Ah, là, c'était pousser les bornes un peu loin, même pour Miss S !

Delphick se cala sur son siège et se ressaisit. Lorsque la main de Miss Seeton était guidée par son subconscient, son inconscient, son troisième œil, son don de prophétie ou ce que vous voudrez, on n'avait rien à gagner à se considérer offensé par le message. Si l'un des chiens lui ressemblait un brin et si le Tintoret était la proie, eh bien, soit. C'est vrai que, métaphoriquement, Thumper et lui voulaient *bel et bien* du sang.

Pas nécessairement celui du Tintoret, naturellement. Il fallait garder l'esprit ouvert sur ce plan-là. Miss S, elle, était convaincue que le Tintoret était l'un des trois hommes qui avaient filé avec l'argenterie de l'église de Plummergen. Un délit, certes, mais pas vraiment de quoi justifier l'intervention du Yard. Chris Brinton était parfaitement capable de régler ça. Rien dans les *propos* de Miss S ne suggérait qu'elle pensât que le type avait un rapport avec l'affaire de chantage de Thumper.

D'un autre côté, connaissant le pourquoi de la présence de Trish chez les Colveden, elle avait fait un dessin qui établissait le rapport le plus évident : pointant le doigt, ou plutôt la raquette, sur le Tintoret, un personnage qu'il était préférable d'écarter — du point de vue de Trish.

Quand on parviendrait enfin à mettre un nom sur ce type et à le coincer, lui et ses acolytes, il aurait à répondre de pas mal de choses. Cependant, même si Brinton établissait leur culpabilité dans le cambriolage et l'agression, le Tintoret pourrait toujours farouchement nier sa présence au *Hurlingham Club*, quoique la parole de Miss Seeton valût plus que la sienne, s'il fallait en arriver là.

De toute façon, des quantités de photos du match de Trish Thumper et Nancy Wiesendonck devaient se balader dans la nature en attendant qu'on vînt les y chercher. À supposer que l'homme-mystère eût bien été bien là, déguisé en secouriste, il se serait trouvé aux premières loges pour verser dans la boisson de Trish de quoi lui coller mal au ventre et la faire décrocher du match. Ayant été aux premières loges pour assister au spectacle de sa déconfiture, il aurait eu le temps d'écrire cette dernière lettre anonyme à son père et de la jeter dans une boîte aux lettres devant le club, ce qui expliquerait le cachet de la poste sur l'enveloppe.

Bref, si le dossier de l'affaire de Sa Majesté la Reine contre le Tintoret n'était pas encore parfaitement bouclé, il progressait fort bien. Même si ça ne rimait pas à grand-chose qu'un maître chanteur à l'esprit préoccupé s'adonnât aussi, accessoirement, à la cambriole. Et surtout qu'il le fît sur le territoire de Miss Emily D. Seeton, comme ses complices et lui avaient dû maintenant s'en rendre compte — du moins Delphick l'espérait-il.

Il se leva, s'étira et jeta un dernier coup d'œil sur les trois dessins avant de les mettre soigneusement sous clé. Il faudrait en faire des photocopies, bien sûr, qu'on pourrait montrer au directeur adjoint le lendemain. Sir Heavily était un grand fan de Miss Seeton, parfaitement capable de piquer les originaux pour les ajouter à sa collection, si on lui en laissait l'ombre d'une chance.

CHAPITRE XIII

Norman Proctor emprunta pour retourner à Plummergen la vieille camionnette cabossée de son propriétaire et ami, Charlie Yung Fat. Charlie, qui habitait la porte d'à côté, était le chef d'une maisonnée comprenant, outre sa personne, une épouse silencieuse, une mère rabougrie, et une tripotée d'enfants dont l'aînée, Verity, travaillait à la City, tout en étudiant d'arrache-pied pour préparer ses examens de comptable, et n'avait donc guère le loisir d'aider au restaurant du *Jardin de jade*, à part un coup de main le soir, de temps en temps. Les autres n'avaient pas ce genre d'excuse pour se défiler.

Considérant toutes les mains que Charlie avait gratuitement à sa disposition et la popularité du restaurant, Norman se disait que son ami aurait pu se payer une caisse qui ait vraiment de la classe — pourquoi pas une Rolls, même ? En attendant, c'était la camionnette ou rien, Charlie étant trop occupé à faire tourner son affaire sept jours sur sept pour s'encombrer la tête du projet d'une voiture de loisirs. C'est avec la fameuse camionnette qu'il partait chaque matin de la semaine avec un de ses fils chercher ses provisions aux marchés de gros et au supermarché chinois Loon Fung de Chinatown, mais il ne rechignait pas à la prêter à Norman le reste du temps, pourvu que celui-ci la lui rendît chaque fois avec un plein d'essence.

Non que Norman profitât souvent du privilège, la camionnette ayant acquis une odeur aussi pénétrante que mémorable, depuis les années qu'on y transportait de pleines cargaisons de porc, poulets et canards, poisson séché, saucisses mystérieuses, légumes, champignons séchés, nouilles, épices et condiments en tout genre. Sans vouloir être trop précis, disons qu'on pouvait la sentir à cinq mètres et qu'il fallait une réelle force de caractère pour y entrer et la conduire, même toutes vitres ouvertes.

C'est donc avec un certain soulagement que, ce dimanche-là, à l'heure du déjeuner, Charlie se gara dans une aire de stationnement juste en dehors de Plummergen, sortit se mettre hors de portée de l'odeur et inspira goulûment pour s'emplir les poumons du bon air du Kent. Grâce aux recherches qu'Harvey et lui avaient faites au bar du *George and Dragon*, il avait une petite idée de la situation de Rytham Hall par rapport au village et, ayant apporté la carte qu'ils avaient étudiée pour préparer le pillage des églises des environs, il savait qu'il n'était pas très loin de la demeure qui devait être un peu plus loin, sur la gauche.

Ce qu'il ignorait, cependant, c'est que Trish Thumper, fort réjouie à la perspective du déjeuner dominical, parcourait à grandes enjambées la prairie qui s'étendait de l'autre côté de la haie, entraînant dans son sillage un Nigel Colveden hors d'haleine mais extatique. La haie près de laquelle il se tenait justement, lui, Norman !

La promenade avait été étonnamment réussie. Nigel ne se doutait pas que si Trish avait tout de suite accepté d'aller se promener, comme il le lui avait timidement proposé après le petit déjeuner, il le devait aux formidables pouvoirs de persuasion de sa mère. En dépit de tout le mal que son père se donnait pour lui cacher la vérité, Trish avait vite compris, et avec une justesse remarquable, les vraies raisons de son invitation chez les Colveden. Elle était reconnaissante à Meg Colveden de son accueil chaleureux, et elle avait été conquise par la cordiale bonté sans complications de sir George, sa façon de l'encourager à se resservir à tous les repas. Elle trouvait Nigel un peu nigaud mais pas vilain, et elle avait été assez touchée quand son hôtesse lui avait expliqué la raison de la présence d'une rose — aux feuilles en partie dévorées par les pucerons — sur son plateau du petit déjeuner. Alors, pourquoi ne pas aller se promener avec lui, si ça lui faisait tant plaisir ?

Ils étaient donc partis, Trish superbe en pantalon de coton blanc et chemisette sport verte à manches courtes, d'un vert plus ou moins assorti à celui des bottes de caoutchouc dans lesquelles elle avait rentré le susdit pantalon. Nigel, lui, n'envisageait pas tant un cross à travers champs qu'une douce flânerie dans des sentes forestières, sous la luxuriante voûte de feuillage des arbres. Peut-être même finirait-on main dans la main, s'il avait beaucoup de chance ! Voyant les bottes de caoutchouc de sa compagne, il avait déniché à la hâte une de ses vieilles paires de bottes confortables pour remplacer les mocassins légers qu'il portait.

La conversation avait été plutôt décousue et banale, pendant la première demi-heure. Décousue car, une fois quitté la propriété de Rytham Hall pour les bois au terrain accidenté, Trish avait adopté une cadence si rapide que Nigel en était réduit à la rattraper de temps en temps pour la côtoyer en s'efforçant de lâcher quelques plaisanteries essoufflées, avant de retomber à la traîne. Banale, parce que Trish, qui aurait pour sa part bien préféré une marche rapide avec quelqu'un de vraiment intéressant, comme Virginia Wade, n'avait guère fait d'effort de conversation, au départ.

Ils finirent par déboucher du bois sur des terres agricoles que traversait un sentier piétonnier balisé. Nigel arrivait maintenant à suivre le rythme de Trish sans perdre le souffle et elle se rendit compte qu'elle n'avait pas été très gentille avec ce jeune homme qui, après tout, lui consacrait une bonne part de son temps pour la conduire de Rytham Hall aux courts de tennis et retour, en faisant mine de ne pas voir qu'ils étaient suivis par une voiturée de flics. Finalement, c'était plutôt un type bien, en plus d'être le fils et l'héritier d'un baronnet aisé. Trish ne connaissait pas l'expression *chevalier sans peur et sans reproche**, sinon c'est sûrement en ces termes qu'elle eût décrit Nigel Colveden.

Aussi, quand ils arrivèrent à un échalier et que Nigel l'aida à le franchir, galamment mais inutilement, Trish le laissa tenir sa main un instant, lut l'appel muet de son regard et, comme si c'était la chose la plus normale du monde, le prit dans ses bras puissants et l'embrassa longuement et sans retenue. Écrasé contre la poitrine de cette amazone et enveloppé de la douce odeur du savon Camay, Nigel eut une intuition fulgurante : le Prophète était parfaitement dans le vrai lorsqu'il avait édicté les critères du paradis des musulmans.

— Tu es plutôt chouette, tu sais, dit alors Trish sur fond de violons langoureux sortis de l'imagination de Nigel. Mais ne reste pas planté là, tu en louches presque ! Allez, viens, il faut qu'on rentre si on veut arriver à l'heure pour le déjeuner.

Le reste des paroles de la jouvencelle parut un rien décevant à Nigel, après l'exquise poésie de ses quatre premiers mots, et le son des violons se mourut peu à peu. Nigel, lui, eût aimé qu'elle développât plus ample commentaire sur ce qualificatif de « chouette », après quoi il se serait lancé dans un monologue enflammé sur la radieuse beauté de Trish, sa nature d'une sensibilité et d'une générosité exquises, et le fait qu'il se sentait si indigne d'elle. Ensuite, après quelques rééditions de l'incroyable baiser, peut-être aurait-il osé une ou deux réflexions sur le fait que des fiançailles prolongées ne sont pas souhaitables.

Mais cela ne devait pas être. Pour une raison ou pour une autre, Trish parut moins que chamboulée par leur étreinte et peu encline à poursuivre la conversation sur le mode précédent. Sinon, elle se montra tout à fait agréable, parlant chaleureusement des agréments de Rytham Hall et évoquant avec une certaine mélancolie la chance qu'avait Nigel d'être tombé sur des parents si bien.

— M'man est pas mal, concéda-t-il. Et je suppose que p'pa a de bonnes intentions, quoiqu'il soit fou à lier.

— Pas le moins du monde, Nigel Colveden ! C'est un petit bonhomme câlin, et ne t'avise pas de l'oublier !

— *P'pa ?* Câlin ? Seigneur !

— Particulièrement câlin. Et je sais de quoi je parle, vu que je suis coincée avec mon affreux pisse-vinaigre de père qui avale des clous au petit déjeuner ! Le genre à lire le *Livre des Martyrs* de Fox pour se distraire. Note bien, je suppose qu'il estime que la plupart s'en sont tirés à trop bon compte...

— Dis donc, Trish, tu me trouves, euh, aussi câlin que p'pa ?

Trish s'arrêta, se retourna et le toisa :

— Je peux pas dire, j'ai jamais essayé ton père, mais j'en doute. Tu es *raisonnablement* câlin, je dois avouer. Bon, d'accord : alors, encore un, et puis on rentre à la maison. Allez, approche.

C'est ainsi qu'à la fin de la promenade, Nigel se retrouva de nouveau les jambes en coton et extatique, et Trish avec des joues d'un rose plus intense que celui que lui donnait normalement sa belle santé. Les deux jeunes gens discutaient amicalement de sir Wilfred Thumper quand ils arrivèrent à portée d'oreille de Norman, de l'autre côté de la haie.

— ... et qui plus est, mon père est l'homme le plus radin que je connaisse. Ça ne m'étonne pas que les gens ne puissent pas le supporter.

— Arrête, Trish ! Sir W. Thumper est peut-être beaucoup de choses, mais tu ne peux pas l'accuser d'être radin. Regarde, il nous offre à tous un billet pour Glyndebourne après-demain : à toi, à moi et à mes vieux parents. Sans compter ta mère et lui. Ça va lui coûter un sacré paquet !

— Ha ! Je te parie n'importe quoi que c'est maman qui a payé. Et même si par le plus grand des hasards c'est lui qui a casqué, eh bien, comme je le connais, il fera passer ça dans ses frais de représentation... Nigel, tu sens rien ?

— Seulement toi, Trish chérie, répondit-il avec ferveur.

— Non, bas les pattes, espèce d'horreur ! Je parle sérieusement.

— Moi aussi.

— Une espèce d'odeur de soupe chinoise, ou peut-être de nouilles sautées. Mais qu'est-ce que c'est donc ?

— Tu t'imagines des trucs. Les déjeuners dominicaux de m'man ne sont pas mal, mais pas exactement dans le genre exotique...

Leurs voix s'évanouirent à mesure qu'ils s'éloignaient et Norman ne fit rien pour continuer à les épier. Il en avait assez entendu pour concevoir un plan génial.

Miss Seeton se réjouissait toujours de venir à Rytham Hall et aimait s'y rendre à pied, sauf par mauvais temps. Cette chère lady Colveden, si attentionnée, comme à son habitude, l'avait appelée ce matin-là, suggérant que si elle souffrait encore des séquelles de ses mésaventures à l'église, sir George serait ravi de venir la chercher dans la grande voiture. Mais ses bleus étaient plus colorés que douloureux, et quel meilleur traitement qu'un peu d'exercice ! Vingt minutes de marche.

Les Colveden étaient toujours si gentils et si généreux dans leur hospitalité. Tiens, un mot intéressant, hospitalité, au sens bien plus proche de son origine latine que ne le laisserait soupçonner — de nos jours, au moins — le mot hôpital. *Hospes*, c'est ça : un invité. Pourtant, on n'a guère tendance à se sentir invité à l'hôpital où l'on vous réveille trop tôt et où l'on vous fait fabriquer des objets en raphia. Alors qu'en plus, il faut payer pour le privilège !

Les ordres des chevaliers hospitaliers, eux, n'auraient pas fait payer leurs services, naturellement. Et un baronnet, ce n'est après tout qu'une sorte de chevalier héréditaire de haut rang. Donc sir George, si généreux dans son hospitalité, était un « hospitalier » des temps modernes. Le roi Jacques n'avait-il pas inventé les baronnies pour les vendre et se procurer de l'argent ? Ça rappelait ce scandale du temps de sa jeunesse à elle, dans lequel avaient trempé Lloyd George et le dénommé Maundy Gregory.

Tandis que Miss Seeton atteignait la sortie de Plummergen, ses pensées poursuivaient leur dérive, de Maundy Gregory, intermédiaire dans la vente de titres nobiliaires, à « *maundy money* », l'argent du Jeudi saint que la souveraine distribue ce jour-là à autant de vieillards et de vieilles femmes qu'elle-même compte d'années d'âge. Ce qui rappela à Miss S les hospices de pauvres et la ramena très vite aux hôpitaux et aux chevaliers hospitaliers. Naturellement, la *St John's Ambulance Brigade* était une ramification d'un ordre de ce genre.

Miss Seeton cligna des yeux plusieurs fois, regarda autour d'elle et s'aperçut qu'elle avait parcouru le plus clair du trajet jusqu'à Rytham Hall sans même s'en rendre compte. Oui, le portail ouvrant sur l'allée n'était plus qu'à une centaine de mètres, un peu plus loin que la camionnette garée sur le bas-côté de la route, capot ouvert, un monsieur penché sur le moteur. Mon dieu ! Elle avait beau aimer se rendre utile quand elle le pouvait, mieux valait laisser les problèmes mécaniques à ceux qui y comprenaient quelque chose. Cependant, ça ne coûte rien d'être poli quand on croise un étranger sur la route, non ?

— Bonjour ! Ou plutôt bon après-midi, peut-être. On ne sait jamais très bien quoi dire, quand il est passé midi mais qu'on n'a pas encore déjeuné, non ?

Norman, occupé à maudire Charlie Yung Fat d'avoir laissé son radiateur à sec, n'avait pas entendu approcher Miss Seeton. Surpris par sa voix, il se redressa si brusquement que sa tête frappa l'intérieur du capot et délogea la tige qui le maintenait ouvert. Norman devait exagérer un rien en racontant plus tard à Harvey que, putain, ça avait falli le décapiter. Mais il avait bel et bien reçu un choc douloureux sur la nuque et s'était brûlé la paume des mains sur le radiateur encore bouillant, alors qu'il tentait de se libérer en poussant force gémissements incohérents.

Il subit alors un second choc en s'apercevant qu'il avait déjà vu la vieille dame qui se tenait devant lui, l'air soucieux. Mais oui, quand elle tentait de se libérer de l'étreinte de William Parsons ! Un instant il l'avait aperçue à la pâle lueur du stylo-lampe de poche de Harvey. Il l'avait laissée ligotée sur les dalles de la nef de l'église de Plummergen après lui avoir assez longuement adressé la parole, sans essayer de déguiser sa voix. Bref, elle n'était autre que Miss Emily D. Seeton, le Pébroque vengeur !

Norman, qui s'était toujours enorgueilli de sa capacité à réfléchir très vite quand il était coincé, n'avait encore jamais dû autant tricoter des méninges en une ou deux secondes. Puisqu'il n'avait pas travesti sa voix l'autre jour, il allait devoir le faire cette fois-ci[1], alors qu'il voyait double à cause de cette beigne sur la tronche, en s'efforçant de rester hors de portée de ce diable de riflard qu'elle tenait, et en tâchant d'oublier la brûlure de ses mains.

— Oh, mon dieu, mon pauvre monsieur ! Vous avez dû vous faire très mal !

Norman, vacillant légèrement, réussit tant bien que mal à esquisser ce qu'il croyait être un sourire détaché mais qui avait carrément l'air d'une affreuse grimace :

— Oh, non, pas du tout, dit-il d'une petite voix haut perchée. Juste un petit contretemps.

— Votre, euh, véhicule est-il en panne ? Je crains de ne pas avoir de connaissances...

— Non, pas en panne. Pas d'eau dans le radiateur. C'est en observant les lèvres de l'homme, plutôt qu'en essayant d'identifier les sons bizarres qui en sor-

1. L'accent ayant une importance capitale, en anglais, pour situer une personne, Norman, qui a un très fort accent populaire (*cockney*), va essayer de parler « comme les gens bien » dans l'espoir de brouiller les pistes. (*N.d.T.*)

taient, que Miss Seeton réussit à saisir ce qu'il cherchait à dire.

— De l'eau ? Il vous faut de l'eau ? Rien de plus simple. Rytham Hall est juste là, tout près, et j'y vais justement pour le déjeuner. Si vous venez avec moi, je suis sûre que les Colveden seront ravis de vous donner autant d'eau que vous voudrez. Oh, Seigneur, vous avez l'air un peu fragile sur vos jambes, vous voudriez peut-être prendre ça comme canne ? Tenez...

Au grand étonnement de Miss Seeton qui lui tendait son parapluie, Norman fit un bond en arrière à la vue de l'objet, prit sa jambe de pantalon dans le pare-chocs avant et s'étala de tout son long sur l'herbe de l'accotement.

— Ça va, je vais bien, réaffirma-t-il quand il se fut mis à quatre pattes.

Miss Seeton signifia son désaccord d'un hochement de tête décidé.

— J'ai une meilleure idée : vous restez là et je vais aller au manoir demander à Nigel de vous apporter de l'eau et de vous aider. Ça ne devrait pas prendre plus de dix minutes. Et puis de la vaseline ou quelque chose, pour vos mains.

Norman leva les yeux sur elle et fit un faible oui de la tête. Et quand elle se fut engagée dans l'allée pour gagner Rytham Hall d'un pas résolu, il se laissa retomber sur l'herbe et émit une longue série de jurons éloquents.

— Tu avais raison, tu sais, Trish, déclara Nigel quand il regagna la maison une vingtaine de minutes plus tard, juste à temps pour retrouver les autres qui passaient à table.

— À quel propos ?

— Tu te souviens que tu m'as dit que tu croyais sentir des odeurs de plats chinois ? Eh bien, c'était le cas. La fameuse camionnette, elle empeste. Une saloperie de vieille guimbarde, mais on a réussi à la faire repartir quand j'ai eu rempli le radiateur. Un drôle de bonhomme, n'est-ce pas, Miss Seeton ? Vous savez, ça me dépasse : comment avez-vous pu le comprendre, ça n'avait ni queue ni tête, ce qu'il baragouinait ! Il parlait comme s'il avait la bouche pleine de billes ou autre chose. Je me demande qui c'est.

— Un Chinois, non ? Seigneur, on a l'impression qu'il y en a partout, de nos jours. Comme ces Indiens qui rachètent toutes les épiceries...

Laissant aux autres le soin d'éclairer sir George, Miss Seeton accorda toute son attention à l'excellente mousse de saumon de lady Colveden et garda pour elle ses pensées.

CHAPITRE XIV

— Je vois. Ou du moins, je le crois. Mais « comme à travers du verre, pas très clairement ». Qui donc a dit ça ?

— Saint Paul, je crois, monsieur.

— Vous savez à tous les coups, nom d'une pipe ! Des fois, on croirait presque entendre Jeeves[1].

Delphick réfléchit un instant, décida de prendre ça comme un compliment et esquissa un petit sourire :

— Nous nous efforçons de donner satisfaction, monsieur, fit-il avec la déférence stylée d'un Jeeves.

Sir Hubert Everleigh se leva, se dirigea d'un pas nonchalant vers le portemanteau remisé dans le coin, près de la porte, et prit le vieux club de golf qui s'y trouvait. Visant une balle imaginaire, il baissa la tête et agita les poignets, tout en continuant à converser.

— Tout cela remonte à samedi, cependant, et l'article d'Amelita Forby est paru dans le *Negative* d'hier, comme de bien entendu. Au fait, y a-t-il eu des réactions à ça ?

— C'est possible. L'inspecteur Ranger m'a appelé de Plummergen ce matin, pour transmettre quelque

1. Jeeves est le majordome malin et d'infinie ressource qui figure dans les histoires de P.G. Wodehouse. (*N.d.T.*)

chose que lui a dit le jeune Nigel Colveden quand ils se sont rencontrés par hasard, hier au soir. Paraît-il qu'il y avait un individu louche qui traînait au voisinage de Rytham Hall hier, vers l'heure du déjeuner. Avec une vieille épave de camionnette, apparemment tombée en panne. Miss Seeton allait déjeuner chez les Colveden et c'est elle qui a vu le bonhomme la première. Il lui a raconté que son radiateur était à sec, alors elle lui a dit d'attendre, elle est allée au manoir, a expliqué la situation à Nigel qui a pris un broc d'eau pour aller dépanner le type.

— Ça m'a l'air bien trop simple et sans complications pour Miss Seeton.

— En effet : quand le jeune Colveden est arrivé sur place, il a trouvé le type dans un drôle d'état. Le capot de la camionnette lui était tombé sur la tête, il s'était brûlé les mains sur le bloc-moteur ou quelque chose dans ce goût-là, il avait trébuché et s'était tordu la cheville.

Le directeur adjoint laissa tomber le club sur le tapis, se redressa et poussa un soupir d'aise :

— Ah, là, je m'y retrouve ! L'œuvre de Miss Seeton, nul doute ?

— C'est ce qu'a pensé Ranger en apprenant la nouvelle, monsieur. Quand il en a discuté avec Nigel Colveden, celui-ci s'est rappelé qu'elle avait parlé de lui apporter de la vaseline en même temps que l'eau — pour ses mains, je suppose — mais qu'il n'avait pas fait attention sur le moment. Ce qui signifierait qu'elle avait quelque chose à voir dans cette série de mésaventures. Enfin, le radiateur étant bel et bien à sec, Colveden l'a rempli et a aidé le bonhomme à reprendre le chemin du retour. Pas exactement euphorique, j'imagine, mais plus ou moins en état de conduire.

— Et qu'avait-il d'autre de louche, ce type, à part ce qui a poussé Miss Seeton à l'arranger de la sorte ?

— Il parlait très bizarrement, d'après ce que Colveden a dit à Ranger. Sinon, il était tout à fait ordinaire, en ce sens qu'il avait l'air du genre de type susceptible de conduire une vieille camionnette pourrie. Ça pourrait être quelqu'un qui vend sur les marchés, un homme d'âge mûr, l'air fouineur, avec des vêtements passe-partout. Mais paraît-il qu'il avait un drôle d'accent, comme s'il essayait de parler à la façon d'un homme distingué mais ne savait pas.

— Hum. Pourquoi ferait-il ça ? Je me le demande.

— Il y a beaucoup de « si » et de « mais » dans cette histoire, monsieur, mais l'hypothèse de Ranger est la suivante : *s'il* existe un rapport entre le casse de l'église de Plummergen et l'affaire de chantage de Thumper, comme le suggèrent les croquis de Miss Seeton, et *si* le gang en question a lu l'article d'Amelita Forby sur Miss Seeton dans le *Negative*...

— Eh, minute ! Je croyais que nous étions tous plus ou moins d'accord sur le fait qu'on recherchait un homme ayant un grief personnel et agissant seul.

— En effet, mais si nous avons raison, il a également séjourné en prison et a facilement pu s'y faire des amis. Le commissaire Brinton, d'Ashford, qui mène l'enquête sur les cambriolages d'église, est convaincu qu'ils ont été organisés par un pro.

— Pas sûr de vous suivre sur ce point, mais laissons-le de côté pour l'instant. Et vous, vous penchez pour l'hypothèse de ce Ranger ? Ça me paraît un peu tiré par les cheveux, quant à moi.

— Il n'a pas pour habitude de se laisser emporter par son imagination, monsieur. En tout cas, il a transmis le renseignement — pour ce qu'il vaut — à Mr. Brinton, et la police du Kent va sans doute interroger Nigel Colveden en tant que témoin visuel, pour obtenir un signalement de l'homme.

— Pourquoi ne pas demander à Miss S de faire son portrait ?

— Ranger espérait qu'elle le ferait spontanément, monsieur. Il va rester en contact avec elle.

— Bon, je suppose que vous savez ce que vous faites, mais je dois dire que tout cela me paraît bien vague et peu satisfaisant. Croquis ou pas, nous ne sommes pas plus avancés pour identifier le misérable que Miss Seeton prétend avoir vu au *Hurlingham Club*.

— Oh, mais si !

— Comment ? Vous m'auriez caché quelque chose, Delphick ? Je n'apprécie guère...

— Loin de moi une telle pensée, monsieur ! Je n'en ai moi-même eu confirmation que juste avant de venir vous voir, monsieur. Je suis sûr que l'homme que nous recherchons est un certain William Parsons. Son nom figure du reste sur notre liste, j'ai le plaisir de vous le dire, si bien que nous aurions fini par remonter jusqu'à lui...

— Sans l'aide de Miss Seeton, vous voulez dire ? Ce n'est pas digne de vous, Delphick. Rendez à César ce qui est à César, telle est ma devise. Y compris — ai-je besoin de le préciser ? — à vous-même et à votre équipe.

Delphick baissa la tête.

— Pardon, monsieur, je ne l'ai pas volé. Ce Parsons en question était directeur d'agence de la *Reliable Building Society*. Il a comparu devant M. le juge Thumper, accusé de détournement de fonds, et Thumper l'a mis à l'ombre pour huit ans. Avec les réductions de peine maximales pour bonne conduite, il a été libéré début décembre de l'an dernier, peu avant la date à laquelle Thumper pense avoir reçu ses premières lettres anonymes.

— Ah bon. Et savons-nous où se trouve actuellement ce Parsons ?

— Oui : il travaille comme chauffeur d'ambulance pour le Conseil régional du Sussex, un service installé dans un endroit qui s'appelle Cranhurst.

— Un ambulancier, hein ? Exactement ce qu'a dit Miss Seeton.

— De fait, elle a parlé de *St John's Ambulance*, mais c'est suffisamment proche pour avoir une grande importance, sans nul doute.

— Vous allez le pincer pour le questionner, naturellement.

— Avec votre permission, monsieur, j'aimerais attendre un jour ou deux avant de le faire. Comme je l'ai expliqué, il n'y a qu'un ou deux jours que nous l'avons repéré et je voudrais en savoir un peu plus long sur son passé avant de le cueillir. Parler à son agent de probation, par exemple. Il ou elle ne nous montrera pas son dossier, bien entendu, mais peut consentir à nous dresser un portrait verbal de l'homme. Et nous aider à comprendre pourquoi lui, parmi ce que j'oserais appeler les « victimes » de Thumper...

— Osez si vous voulez, mais vous feriez drôlement mieux de vous en abstenir ! Les juges de Sa Majesté jouissent de privilèges importants et sont enclins à être un peu chatouilleux sur ce chapitre. Je n'ai pas entendu cette remarque, Delphick.

— D'autant que je ne l'ai pas faite. Il serait néanmoins utile de savoir si Parsons a des raisons particulières d'en vouloir à sir Wilfred ou de nourrir des griefs à l'égard de sa fille.

— Comment tient-elle le coup, au fait ? Des problèmes sur ce front-là ?

— Pas le moindre, d'après ce que j'ai cru comprendre. Nigel Colveden a eu l'air de dire à Ranger que ça tournait à l'amourette entre eux deux. Ce matin, ils sont partis à l'entraînement dans sa voiture, comme d'habitude, avec une discrète escorte de police fournie par Mr. Brinton.

— Bien. Alors, que comptez-vous faire exactement ? En dehors de cuisiner l'agent de probation de ce type-là ?

— Mettre la main sur les minutes de son procès, si on peut les exhumer. Ensuite envoyer un homme à la prison qui discute avec les matons — oh, pardon, monsieur —, les gardiens susceptibles de se souvenir de Parsons. Et surtout, trouver si possible des indices le reliant à Hurlingham et Plummergen, aux dates qui nous intéressent. Ne serait-ce qu'indirectement, en s'assurant qu'il *aurait pu* s'y trouver. S'il s'avère qu'il était de service les deux fois et qu'il parvient à le prouver, alors on sera revenus à la case départ. Il va sans dire que j'ai fait le nécessaire pour qu'on ne le perde pas de vue à partir de dorénavant, mais aussi discrètement que possible, pour éviter de le mettre en alerte. Si c'est bien notre homme, avec un peu de chance il nous mènera à ses comparses et se mettra tout seul dans la gueule du loup.

— Parfait. Je vous suis, pour autant que vous puissiez me garantir à cent pour cent qu'il n'arrivera rien à la petite Thumper.

— On la surveillera comme un faucon, monsieur.

— On ne surveille pas les faucons, Delphick, c'est le contraire. Là, je vous ai eu. Bon, allez-y et faites de votre mieux, mais tenez-moi au courant.

— Merci. Je n'y manquerai pas.

Sir Hubert attendit que Delphick fût arrivé à la porte avant d'ajouter :

— Dites donc, Delphick ?

— Monsieur ?

— Ces photocopies des croquis de Miss Seeton : intéressant, très intéressant. Où sont les originaux ?

— Les originaux ? En lieu sûr, monsieur.

— Eh bien, voilà où nous en sommes pour l'heure. Quoi ? Ah, merci. Je dois reconnaître qu'il y a un notable progrès par rapport à samedi dernier. Jusqu'à mon directeur adjoint qui a l'air satisfait.

Delphick était confortablement assis dans son fauteuil. C'était nettement moins fatigant de parler au téléphone à Chris Brinton que de se trouver en tête à tête avec sir Hubert Everleigh.

— Tout à fait. Oh, un jour ou deux, au plus ; il est évident qu'on ne peut pas laisser traîner en longueur. Inutile de dire que je te communiquerai personnellement tout ce qu'on pourra dénicher. Cependant, il y a une chose en particulier dont je voulais te parler. Everleigh m'a donné les coudées franches, comme je le lui demandais, mais il insiste, non sans raison, pour que la protection de la fille soit absolument sans faille. Eh bien, quand je suis passé voir sir George Colveden l'autre jour, il a mentionné que toute leur bande de Rytham Hall allait demain à Glyndebourne, à l'invitation de Thumper.

La réponse de Brinton fut aussi immédiate qu'éloquente et Delphick attendit patiemment qu'il fût à bout de souffle.

— Je vois que tu étais déjà au courant. Oui, bien sûr que c'est usant pour toi, mais si Colveden en a déjà parlé au chef de ton district, tu es dédouané en cas de pépin, non ? L'ennui, c'est qu'en ce qui me concerne, cette idée de sir George que tu rappelles tes gars pour la soirée ne me satisfait nullement. Alors, ce que je propose, c'est de dire deux mots à un des mes potes de la police du Sussex, pour voir s'il ne pourrait pas poster deux gars en civil dans l'enceinte de Glyndebourne, option minimale, mais de préférence dans la salle d'opéra même, pour garder un œil sur les Thumper et compagnie. Mieux vaut prendre trop de précautions, quoique j'imagine mal que quelqu'un soit assez bête pour tenter le coup sur Trish dans un endroit pareil.

— Mais, c'est impossible que je tente quoi que ce soit sur la fille Thumper dans un endroit comme Glyndebourne ! protesta Parsons. Avec les centaines de gens qu'il y aura là...

— Si que tu peux, avec moi et 'Arvey pour t'aider. Écoute, mon pote, je m'suis fait un sang d'encre pour toi, alors, épargne-moi ton p'tit numéro de sainte nitouche. J'te dis que cette vieille rosse de juge est un danger public et qu'j'y réserve un chien de ma chienne, un de ces quatre. En attendant, je t'offre cette nana sur un plateau et j'accepterai pas que tu refuses !

Les deux hommes étaient au pub de Cranhurst où ils s'étaient déjà retrouvés la dernière fois. Parsons jeta de nouveau un regard furtif sur les mains bandées de Norman ; il avait aussi remarqué le léger boitement de son ami et la manière dont celui-ci portait de temps en temps la main à sa nuque.

— J'apprécie le renseignement et ce que tu proposes de faire. Vraiment. Mais je ne vois pas comment je pourrais agir à partir de ça. D'abord, il y aura de vrais volontaires de la Croix-Rouge ou de la *St John's* de service sur place.

— Eh ben, t'y vas dans ton vrai uniforme, tête de nœud ! Dans ton ambulance. C't endroit où qu'y a l'opéra, là, c'est sur ton territoire, s'pas ? À douze ou quinze kilomètres, non ?

— Euh, oui, mais...

— Dis, c'est bien le même gazier qu'a fait l'joli

coup au match de tennis que j'entends là ? R'prends-toi en main et écoute-moi jusqu'au bout. Ben, voilà c'qu'on va faire, tu vois...

Parsons écouta Norman, d'abord à contrecœur puis avec un intérêt de plus en plus soutenu. Ils ne remarquèrent ni l'un ni l'autre le jeune homme au teint jaunâtre, cheveux raides et gras, qui était venu traîner ses guêtres dans le pub peu après Parsons, avait commandé un demi et s'était installé au flipper, non loin d'eux.

Et même s'ils l'avaient remarqué, un coup d'œil sur son vieux blouson de cuir déchiré, son jean peu ragoûtant et ses chaussures crasseuses aurait suffi à leur faire baisser la garde. D'autant que le jeune homme n'arrêtait pas de marmonner des obscénités en cognant subrepticement la machine pour lui apprendre à mieux se conduire. Pas assez subrepticement, néanmoins, pour échapper à l'œil d'aigle du barman qui lui cria que s'il avait envie de casser quelque chose, eh bien, il n'avait qu'à se casser, lui.

Bref, même aux yeux d'un vieux routier comme Norman, rien dans l'apparence ni dans les manières de l'inspecteur Julian « la Racaille » Arbuthnott ne pouvait suggérer qu'il était officier de police, ou que le paquet de cigarettes qui dépassait de la poche arrière de son jean contenait un magnétophone miniature.

CHAPITRE XV

Mel Forby, qui avait déjà donné plusieurs coups de fil dans la matinée, reposa cette fois le combiné d'un geste définitif et se tourna vers Thrudd Banner avec un sourire triomphant :

— Allez, crache ton oseille : tu me dois une livre ! Un truc à garder en tête à l'avenir, amant de mon cœur. Quand je parie de l'argent sur mes chances d'arriver à quelque chose, c'est que je ne compte pas perdre. Le type m'a dit : « Pas moyen de se procurer des billets pour Glyndebourne, même en payant des mille et des cents. Laissez tomber, Forby, tout ce que vous ferez, c'est perdre votre temps. » Eh bien, figure-toi qu'il y a deux billets qui nous attendent, on n'aura qu'à passer les prendre en arrivant au bureau de location. Tu as devant toi le nouveau critique musical du *Negative*. On aura juste le temps de faire un saut à Londres pour revêtir nos plus beaux atours — tu *possèdes* bien un smoking, je suppose — et d'arriver à Victoria Station pour sauter dans le train de Lewes.

Banner examina le contenu de la poche droite de sa veste, en tira un billet d'une livre un peu froissé qu'il plia soigneusement et glissa dans la blouse de Mel.

— Le beau critique musical, en vérité ! Je commence à me demander comment tu tiens ton rédacteur en chef pour qu'il dise amen à tout ce que tu veux. Tu en connais à peu près autant sur l'opéra que le lecteur moyen du *Negative*, à savoir que quand un type en poignarde un autre, ils se mettent tous les deux à chanter.

— Non, pas dans celui-ci. C'est *La Calisto* de Cavalli, avec Ileana Cotrubas et Janet Baker en vedettes. Elles ne manient ni l'une ni l'autre le poignard, autant que je sache, et si tu crois que ces deux créatures somptueuses sont des types, alors c'est que tu n'as pas fait très attention, ces dernières nuits.

— Bon, t'as gagné. Mais j'aimerais toujours savoir pourquoi tu es rentrée de ta promenade, ce matin, en brûlant d'envie d'aller à Glyndebourne.

— Tu le saurais déjà, si tu m'avais accompagnée. Moi, j'ai mes sources à Plummergen, môssieur, et un bon journaliste ne révèle jamais les siennes. Mais je veux bien cracher le morceau, maintenant que j'ai réussi à avoir des billets. J'ai rencontré Bob Ranger qui prenait l'air, lui aussi, et on s'est mis à discuter. Il est nettement plus relax, maintenant qu'il sait qu'on est au courant, pour Trish Thumper. Il a avoué qu'il allait lui-même à Glyndebourne pour garder un œil discret sur Trish. Et puis il a mentionné en passant que Miss Seeton serait aussi de la partie.

— Et alors ? Un grand type comme Bob qui rôde tout seul, ça se voit à des kilomètres ; il faut bien qu'il soit accompagné. Anne est peut-être retenue à la clinique et Miss S sera une parfaite couverture pour lui.

— Mon cher Thrudd, tu es simplement trop bon pour flairer le coup fourré, hein ? Non, si Bob Ranger est de service comme garde du corps, c'est sur ordre de Delphick. Et Delphick doit avoir des raisons de tenir à ce qu'il emmène Miss S. Des raisons qu'il *n'avait pas* hier, ce n'est pas si vieux.

— Comment le sais-tu ?

— Parce que je suis passée hier à *Sweetbriars* voir comment allait Miss S. Elle était au courant des projets de la bande de Rytham Hall d'aller à Glyndebourne, pour en avoir entendu parler quand elle a déjeuné là-bas, dimanche. Elle a même ajouté qu'elle espérait que le temps resterait beau, d'autant qu'ils doivent retrouver les parents de Trish sur place. Je n'ai pas fait très attention sur l'instant mais, en y repensant, je crois bien qu'elle avait la voix un peu mélancolique. Il est certain qu'elle ne s'attendait pas à y aller, autrement elle l'aurait dit.

— Attends, je veux être sûr de bien comprendre : c'est Nigel qui conduit Trish à Eastbourne pour l'entraînement et qui l'en ramène tous les jours, dans sa voiture, et la police du Kent les escorte, n'est-ce pas ?

— C'est ça. L'escorte est censée être invisible, mais tout le monde est au courant. De même chacun sait que Nigel est dingue de Trish et qu'apparemment, il progresse dans sa conquête.

— Brinton aura donc vraisemblablement prévu une voiture pour suivre les Colveden à Glyndebourne, cet après-midi.

— Ça paraît raisonnable de le supposer. Avec Bob et Miss S à bord, peut-être bien.

— D'accord. Bon, je peux comprendre que Delphick veuille faire parader Bob Ranger pour assurer une protection de routine à Trish dans l'enceinte de Glyndebourne, surtout si son père doit également se pointer. Mais pourquoi diable vouloir que Miss S soit de la partie ?

Mel loucha délibérément et feignit de le viser avec un pistolet imaginaire :

— Parce qu'il pense qu'il va se passer quelque chose, gros bêta !

— Amelita, ma fleur, tu es magnifique quand tu te mets en colère ! Quel genre de chose, par exemple ?

— Est-ce que je sais, moi ? Mais je te parie que Delphick trame quelque chose.

— Pas de pari. J'ai perdu assez d'argent comme ça pour aujourd'hui.

— Très sage de ta part. De toute façon, quel que soit son plan, il n'en a sans doute pas discuté avec Ranger, de peur que celui-ci n'en parle à Miss Seeton par inadvertance. Et si j'ai raison, c'est sur Miss S que compte Delphick et elle, elle fonctionne toujours de manière plus spectaculaire quand elle n'a pas la moindre idée de ce qui se passe.

— Tu sais, c'est sans doute la théorie la plus démente que j'aie entendue, même venant de toi. Et il se pourrait bien que t'aies raison. D'accord, je marche, pour te faire plaisir.

— Y a intérêt, Banner, et apporte ton appareil photo.

— Naturellement, j'imagine bien qu'Anne ne doit plus savoir où donner de la tête, à quelques jours du mariage, mais *quel dommage* qu'elle n'ait pas pu venir avec vous aujourd'hui !

C'était la deuxième fois que Miss Seeton en faisait la remarque depuis que Ranger était venue la chercher dans la voiture de police banalisée que le commissaire Brinton avait mise à sa disposition, à la demande de Delphick. Il avait été absolument impossible de se procurer un smoking à sa taille en dernière minute et, Delphick l'ayant assuré que la tenue de soirée n'était pas obligatoire, Bob était splendide dans son beau costume neuf habillé qu'il n'avait pas compté porter avant sa lune de miel, quand il emmènerait Anne dans un restaurant chic. Sachant que Bob serait sur son trente et un, Miss Seeton s'était empressée de consulter lady Colveden par téléphone, à la suite de quoi elle avait décidé de mettre sa robe de soie bleue, sa plus belle, dont Meg Colveden disait toujours : « Cette jolie robe de cocktail que vous portiez quand vous êtes venue prendre un verre pour l'anniversaire de George ! » — et son collier de perles.

— Pas vraiment. Anne n'est pas folle d'opéra. Alors que vous, si, je le sais. Dites donc, ce ne sont pas les Colveden, là-devant ?

Ranger comptait bien les rattraper, à vrai dire, comme il l'avait discrètement mentionné à Nigel qui devait conduire la grosse Rover familiale.

— Je crois bien que si. Oui, je distingue sir George et lady Colveden, à l'arrière ; Patricia doit donc être devant, à côté de Nigel. Mon dieu, j'espère vraiment que sir George ne trouvera pas ça ennuyeux — l'opéra, je veux dire.

— Je vous suis. Ce n'est guère son genre, je suppose. D'un autre côté, c'est son ami qui a tout organisé.

— Sir Wilfred Thumper, en effet. Un homme si malheureux, vous ne croyez pas ?

— Je ne l'ai jamais vu, mais à en juger par ce croquis que vous avez fait et tout ce que j'ai entendu dire, il n'a pas vraiment l'air d'un joyeux drille. Probablement parce que personne ne l'aime. Et à qui la faute ? Il paraît qu'il s'ingénie à se rendre désagréable.

— Mais pas à sir George, apparemment. Vous ne trouvez pas ça intéressant, Mr. Rang... je veux dire, Bob ?

Miss Seeton, qui venait de voir lady Colveden tourner la tête vers eux, bientôt imitée par son mari, leur adressa un signe de la main et sourit de satisfaction car ils l'avaient aperçue, eux aussi.

— Eh bien, ça fait des éternités qu'ils se

connaissent. Sir George le voit sans doute tel qu'il était à l'époque, plutôt que tel qu'il est actuellement.

— Tu as raison, c'est *bien* Ranger derrière nous, nom d'un chien ! Fagoté comme un satané croque-mort. Et Miss Seeton avec lui. Où peuvent-ils donc aller, tu le sais ?

— Mais à Glyndebourne, bien sûr ! Je ne te l'ai pas dit, George ? Miss Seeton m'a appelée ce matin : l'inspecteur Ranger a pu se procurer deux billets et l'a invitée. Il lui a expliqué qu'il n'avait pas de tenue de soirée sous la main et elle m'a demandé ce qu'il fallait qu'elle porte.

— Sacré veinard qui peut venir en costume ordinaire ! Alors que tu nous as obligés à nous couler dans ces abominables costumes de pingouins, Nigel et moi.

— Je trouve que vous avez l'air sensass, sir George !

— Ah, vraiment, ma chère ? Eh bien, c'est drôlement gentil de votre part de le dire. Tu as entendu ce que Patricia vient de dire, Nigel ?

Nigel jeta un coup d'œil rapide à l'image reflétée dans son rétroviseur :

— J'ai entendu, et arrête de te caresser la moustache comme ça, c'est atroce, p'pa. On dirait un vieux beau de l'époque édouardienne, ajouta-t-il d'un ton plus aimable, considérablement égayé par la petite pression que Trish imprimait subrepticement à sa cuisse.

— Patricia a tout à fait raison, renchérit lady Colveden, et tu es superbe aussi, mon chéri. Les hommes ont toujours tellement d'allure en smoking !

— Tout de même, m'man, on se sent vraiment tarte d'être si habillé en plein jour. Et pour aller faire un tour en voiture à la campagne. Bon, au moins si on crève, Bob Ranger pourra nous changer la roue !

— Ça doit être pire pour ceux qui y vont par le train depuis Londres, j'imagine, remarqua Trish, laissant sa main là où elle l'avait mise.

— Peut-être, mais d'un autre côté, ils vont tous prendre le même, alors ils ne se sentiront pas isolés. Comme quand on voit ces groupes d'hommes en smoking et en haut-de-forme gris partir à Ascot. Tu es bien silencieux, George ?

— Silencieux ? Et pour cause, je n'ai pas encore pu en placer une. De plus, je réfléchis.

Ce qui était vrai. Le propriétaire de Rytham Hall songeait que c'était bigrement rusé de la part de ce Delphick de donner à son inspecteur deux billets d'opéra afin que la jeune Patricia n'eût pas à courir de risque à cause de sa tête de cochon à lui, George Colveden. Il était réconforté à la pensée que les cent quatre-vingt-quatorze centimètres de Bob Ranger étaient là, sous la main. S'il avait trouvé que c'était une riche idée d'intervenir auprès du chef de la police pour que celui-ci dît à Brinton de rappeler ses flics pour la soirée, il s'en était vite repenti, mais il se serait senti bête comme un pied d'aller trouver Brinton, le bec enfariné, pour le lui avouer.

Excellent pour Miss Seeton de pouvoir sortir un peu aussi. Bizarre, non, comme il s'était attaché à cette chère vieille dame un peu toquée, avec ce don extraordinaire qu'elle avait pour se retrouver mêlée aux situations les plus impossibles. Pauvre comme Job, évidemment, et à peine haute comme trois pommes. Mais cette femme-là avait dû avoir l'étoffe d'un officier, dans son jeune temps. Incroyable, la manière dont elle avait éludé le vilain incident de l'église au déjeuner de dimanche, aussi débordante d'énergie qu'à son habitude.

Bon, mieux valait garder un œil sur elle à Glyndebourne en sorte qu'elle ne fasse pas de dégâts avec son diantre de parapluie, et laisser Ranger veiller à ce qu'aucun malfrat n'eût de chance de s'approcher trop près de la petite Thumper.

William Parsons enleva une main du volant, essuya sur sa chemise une paume trempée de sueur, et répéta l'opération avec l'autre main. Aussi excité qu'inquiet, il arrivait tout juste à garder le contrôle de lui-même et de l'ambulance. C'était une chose d'avoir comploté et nourri des projets pendant si longtemps, mais une tout autre d'être sur le point de réaliser un rêve.

Les lettres n'avaient guère contribué à soulager son brûlant besoin de faire du mal à ce salaud de Thumper — l'obsession qui le hantait depuis tant d'années. Et même la satisfaction d'avoir si brillamment réussi son coup du *Hurlingham Club* avait été de plus courte durée qu'il ne l'avait escompté. Cependant, c'était sans nul doute merveilleux de savoir que Thumper était assez effrayé pour avoir mis la fille en « lieu sûr », comme le croyait cet imbécile, et persuadé la police d'assurer sa protection. Bon, tant que...

— Hé, fais gaffe, mon pote ! Range-toi, range-toi, espèce de dingue patenté ! Et viens donc un peu ici derrière. J'ai deux mots à t'dire !

Le panneau coulissant entre la cabine du chauffeur et le corps même de l'ambulance avait été laissé ouvert pour que Harvey et Norman pussent communiquer avec lui, mais Parsons était tellement absorbé dans ses pensées qu'il en avait presque oublié leur présence. Il se retourna tout d'un coup, l'air hagard, aperçut le petit visage énervé, aux traits acérés, prit conscience que l'ambulance allait sortir de la route et redressa. Il arrêta le véhicule, sortit de la cabine, fit le tour jusqu'à l'arrière du véhicule, transpirant à grosses gouttes. Un des deux battants de la porte était ouvert : assis côte à côte sur la couverture rouge de la civière, Norman et Harvey le fusillaient du regard.

Ou, plus précisément, Norman le fusillait du regard, car Harvey, les yeux fermés, gémissait tout doucement, comme en aparté. Norman, col roulé et jean noir, prit la parole. Moins fort que tout à l'heure, dans une sorte de chuchotement rauque et avec une intensité qui forçait l'attention :

— Écoute-moi, cervelle brûlée, et écoute-moi bien ! 'Arvey et moi, on en a rien à fout' si que tu veux te démolir, tant que tu fais ça tout seul, s'pas ? Mais quand qu'on est à bord, lui et moi, tu te tiens à carreau.

Harvey fut parcouru d'un long frisson et rouvrit les yeux. Il était très pâle, l'air éthéré dans son smoking blanc, sur une chemise à volants avec un nœud papillon et une ceinture roses qui faisaient délicatement ressortir les reflets rosés de ses cheveux.

— Mon cher William, souffla-t-il d'une voix triste et éplorée, je ne me rappelle pas comment j'ai pu me laisser persuader de vous rejoindre dans cette folle entreprise et j'ai bien trop mal au cœur pour essayer de m'en souvenir. Alors, s'il vous plaît, mon vieux, gardez à l'esprit que si vous appréciez mes bonnes dispositions à votre égard et ma future coopération, il va falloir conduire tranquillement dorénavant, sans jamais dépasser les quarante-cinq kilomètres à l'heure jusqu'à ce qu'on soit arrivés sans encombre aux abords de Glyndebourne.

— Sinon on te fait sauter ta putain de caboche, conclut succinctement Norman. Pigé ?

— Je suis désolé, souffla Parsons.

Il paraissait raisonnablement contrit, mais Norman n'aimait guère ces yeux injectés de sang et ces mains tremblantes.

— Bon, ça va. T'as un peu les nerfs, et ça se comprend, mais reprends-toi, mon pote. T'as préparé ton baratin, au cas où quelqu'un te questionnerait ?

— Oui. Et, s'il vous plaît, Harvey, abstenez-vous de parler de « folle entreprise », je n'apprécie pas particulièrement l'expression.

Parsons referma doucement la porte arrière et les deux passagers se regardèrent un long moment en écoutant le bruit de ses pas.

— Norman, j'ai la pénible impression que ton ami a vraiment perdu les pédales.

— Putain, et comment ! T'sais, je commence à me demander si on a bien fait...

CHAPITRE XVI

Harvey, connaisseur de l'argenterie anglaise mais aussi de tous les raffinements de la vie en général, était déjà allé à Glyndebourne. Il connaissait donc les horaires peu conventionnels des spectacles qui commencent très tôt dans la soirée afin de permettre un entracte de soixante-quinze minutes pour le dîner, pendant lequel les mélomanes qui ne mangent pas au restaurant du lieu peuvent se livrer dans le parc à des pique-niques d'une somptueuse élégance. Ce fut donc lui qui téléphona pour demander l'horaire précis de *La Calisto* qui se donnait ce soir-là, et qui décida que le mieux serait d'arriver quelques minutes avant l'entracte, à une heure où il y aurait très peu de monde dans le parc.

Sage décision. Il n'y avait pas un chat lorsque William Parsons, transpirant et tremblant à cause de l'effort qu'il fournissait pour avoir un comportement normal, entra par l'entrée principale au volant de l'ambulance qu'il conduisit lentement et avec un soin exagéré jusqu'au parking situé près de la splendide demeure de campagne et de la salle de spectacle qui la flanquait. Garant le véhicule de façon que les portes arrière ne se voient pas, il descendit de son siège, s'assura que la voie était toujours libre, se dirigea vers l'arrière et ouvrit la porte pour que Harvey puisse se glisser dehors. Le front trempé, lui aussi, Harvey était très pâle, mais il prit une profonde inspiration, rajusta son smoking et sa ceinture sur son ventre plat à vous faire envie, et pénétra dans les jardins d'un pas léger, avec une apparence de nonchalance qui était tout à son honneur.

Deux ou trois minutes plus tard, pas plus, les portes de l'auditorium s'ouvrirent et les spectateurs commencèrent à se déverser dans les jardins. Harvey ne tarda pas à se fondre dans le flot avec autant de discrétion que le permettait sa coiffure *avant-garde**, circulant parmi les douzaines de personnes qui flânaient de-ci, de-là, admirant les bordures de plantes vivaces tout en discutant avec animation des décors, des costumes et de l'interprétation. Comme toujours en pareille occasion, il y en avait certains qui considéraient que leurs opinions valaient d'être diffusées au-delà du petit cercle de leur entourage immédiat et qui plaçaient leurs voix dans un registre qui les ferait entendre de tous.

Sir George Colveden ne faisait pas partie de ces gens qui aiment à se donner en spectacle. Ses remarques étaient exclusivement destinées à sir Wilfred Thumper et il était convaincu de les faire d'un ton discret dont il se flattait. Ce en quoi il avait tort. En effet, comme la plupart des membres de la classe supérieure, il avait dans sa jeunesse appris à parler haut et clair, et avec assurance. En outre, l'habitude du commandement et les longues années d'exercice sur les terrains de parade militaire avaient donné une telle puissance à ses cordes vocales qu'on pouvait toujours l'entendre de fort loin.

— Très franchement, je n'imagine pas ce que tu trouves là-dedans, Thumper, claironna-t-il. Très civil de ta part de nous offrir les billets, bien sûr, mais c'est de la confiture aux cochons, dans mon cas, mon vieux. Bah, qu'importe, on va se régaler, avec le plantureux pique-nique de Meg. Agréable de voir nos mousmées sur leur trente et un, non ? Belle plante, ta Patricia. Tu n'es pourtant pas vraiment à encadrer, toi, alors elle doit tenir ça du côté de sa mère, hein ?

Sortis par une autre porte, Miss Seeton et Bob Ranger étaient encore au moins à une dizaine de mètres de sir George. Ce qui n'empêchait pas sa voix de se faire entendre sans effort par-dessus le brouhaha des conversations.

— Oh, mon dieu, sir George n'a pas l'air de s'amuser, remarqua Miss Seeton.

— Il me paraît plutôt en forme, à voir comme il taquine son ami, la rassura Bob. Une chose qui ne doit pas lui arriver très souvent, au juge, je dirais...

— Bon, je suis sûre que sir Wilfred le connaît suffisamment pour ne pas se vexer, fit-elle, farfouillant dans son vaste sac pour en sortir un petit paquet soigneusement emballé. Tenez, voilà les sandwiches que Martha a eu la gentillesse de nous préparer. On pourrait aller les manger au bord du lac, qu'en pensez-vous ? Oh, mon dieu, je viens seulement d'y penser ! Quelle négligence de ma part de ne pas avoir apporté de vin pour les accompagner ! C'est-à-dire, il paraît que c'est ce qui se fait, et vous avez été si généreux — oh, *mon dieu* !

— Pensez-vous, Miss S ! Je conduis, rappelez-vous, et dans mon cas...

Bob réussit à s'arrêter à temps pour ne pas ajouter la formule rituelle : jamais pendant le service.

— Écoute un peu le vieux Colveden, dit Thrudd Banner à Mel Forby.

Ils se trouvaient à l'autre bout des jardins mais,

comme il n'y avait pas un souffle de vent, eux aussi l'entendaient parfaitement.

— Un merveilleux bonhomme, poursuivit Thrudd, aussi franc que cette soirée est longue... Je me demande combien il y en a ici qui éprouvent le même sentiment envers l'opéra mais qui n'oseraient jamais l'avouer.

Mel le regarda d'un air hautain :

— Souviens-toi que tu es là à l'invitation d'un critique musical distingué. Hé, au fait, n'engloutis pas tout le chocolat, il va falloir le faire durer. J'ai beaucoup aimé le premier acte, si tu veux savoir.

— Moi aussi, pour te dire la vérité. Surtout Janet Baker. J'ai même dû plusieurs fois me rappeler la raison de notre présence. Je crois bien que je deviens sentimental, ajouta-t-il en lui caressant brièvement la main. Bon, je suppose qu'on ferait mieux de ne pas perdre de vue Trish Thumper et son père qui l'adore. Elle a combien d'autres personnes pour la surveiller, à ton avis ?

— Attends : Bob Ranger, et d'un. Miss Seeton, bien que personne ne lui ait dit qu'elle était là pour ça.

— Pas nécessaire.

— C'est vrai. Plus nous deux. Et ça ne m'étonnerait pas le moins du monde que Delphick ait prévu quelques gars musclés tapis dans les buissons, au cas où. Et n'oublions pas Mr. X, le type qui est là pour avoir Trish ou son père. Ou les deux.

Les remarques de sir George Colveden furent entendues par un certain nombre de personnes. D'aucunes affectèrent un sourire supérieur, quelques-unes partirent d'un petit rire, d'autres encore firent mine de rien. Harvey l'écouta avec une attention soutenue, content de voir confirmer son identification : deux messieurs âgés, deux dames d'un certain âge, un jeune homme et une jeune femme en robe du soir qu'il avait vus sortir ensemble de l'auditorium. Bien que les deux jeunes gens fussent habillés très différemment de ce qu'avait décrit Norman après les avoir vus passer devant l'église de Plummergen dans la petite MG rouge, Harvey n'avait eu guère de doute, ayant étudié une photo de Trish Thumper figurant dans un article de l'*Illustrated London News*, intitulé : « Les espoirs de Wimbledon ont de redoutables adversaires. » À présent, il en avait la certitude, pour avoir entendu sir George appeler son compagnon « Thumper » et la fille « Patricia ». Alors, tout ce qu'il lui restait à faire — oh, juste ciel, il n'osait même pas y penser, surtout maintenant qu'il s'avérait qu'ils avaient affaire à un fou...

Revenant au bord du lac avec le panier du pique-nique qu'on l'avait envoyé chercher à la voiture, Nigel Colveden trouva les parents Thumper qui arrivaient aussi avec des affaires : quatre petits pliants de toile et deux cannes-sièges. Lady Colveden se mit à déballer le pique-nique, disposant les assiettes et les couverts sur une nappe qu'elle étendit sur l'herbe avec l'aide de Trish, tandis que sir Wilfred s'affairait à disposer les sièges, installant sa silencieuse épouse sur l'un d'eux. L'expression de lady Thumper ne permettait pas de savoir ce qu'elle pensait — si tant est qu'elle pensât — mais elle paraissait assez malléable et restait tranquillement là où on la plaçait. Sir George avait planté une des cannes-sièges dans l'herbe, ouvert les poignées pour déplier l'assise, et s'y était perché, survolant la scène du regard avec une évidente satisfaction.

— Excellent ! Ah, voilà l'officier du ravitaillement qui arrive enfin avec les rations ! Bravo, Nigel. En récompense, tu as le droit de t'accroupir sur un de ces petits bidules de repose-pieds, mon garçon. Comme tu le vois, j'ai fait main basse sur la canne-siège de Thumper qui restait. Bonne idée qu'il a eue de les apporter. Et, dis donc, ces fanatiques d'opéra sont bien plus raisonnables qu'ils n'en ont l'air, sais-tu ? Regarde ces petits piquets de tente fichés çà et là, au bord du lac, avec des ficelles attachées au bout. Des bouteilles ! À refroidir dans l'eau ! J'ai observé un gars qui les repêchait. Et ce n'est pas tout...

— J'ai presque réconcilié votre père avec l'idée d'assister au reste de l'opéra, Colveden, en l'informant que j'avais moi aussi mis quelques bouteilles dans le lac dès notre arrivée, expliqua sir Wilfred.

Il ne sourit pas vraiment, mais son expression habituellement si acerbe se radoucit en regardant son ancien camarade d'école.

— Bon, je suis le pape si j'arrive à voir quelqu'un qui ait l'air particulièrement louche, et toi ?

Banner fit non de la tête :

— Que dalle. Quelques mecs bizarres, mais moins qu'on n'en voit à Covent Garden qui est aussi un endroit snob.

— C'est parce qu'ici, même les billets les moins chers coûtent trop cher, à quoi il faut ajouter le prix du train, même si on ne porte pas de tenue de soirée. Tiens, il est plutôt mignon, le type aux cheveux roses qui se balade là, Thrudd. Pourquoi tu ne fais pas une petite photo de lui, on pourrait s'arranger pour que le *Negative* te l'achète un bon prix. Non, attends, voilà encore mieux. Regarde, Miss Seeton qui va dire bonjour aux Colveden : tu peux cadrer le mec bizarre et Miss S ensemble, ça fera un joli contraste...

Ayant serré les dents et inspiré plusieurs fois, bien à fond, Harvey trouva finalement le courage d'exécuter le plan. Un projet complètement dingue, il en était convaincu à présent. Il se dirigea vers le groupe, au bord du lac. Ça faisait un certain temps que le vieillard maigrichon — Thumper, il le savait maintenant — était penché sur l'eau à tirer sur une ficelle, d'une main, tandis que, de l'autre, il attrapait le goulot de la bouteille qui venait d'émerger. Pendant ce temps-là, tous les autres, sauf la fille rondouillarde, s'étaient retournés pour faire face à la vieille mémé qui s'approchait d'eux avec un large sourire — de toute évidence une connaissance.

Patricia, qui avait accordé sa pleine et entière attention à une cuisse de poulet, leva à peine les yeux quand Harvey se pencha sur elle, émettant une petite toux polie avant de s'adresser à elle :

— Mais c'est *bien* Trish Thumper, n'est-ce pas ! Je suis absolument navré de vous déranger, Miss Thumper, mais pourriez-vous venir un instant dans la maison ? On vous demande d'urgence au téléphone. Quelque chose en rapport avec Wimbledon, je crois.

Ce qui se passa alors donna lieu par la suite à plusieurs interprétations contradictoires. Sir George affirma avec force à son épouse, dans le secret de leur chambre à coucher, qu'il n'avait pas été abusé un seul instant par l'apparition aux cheveux roses et en smoking blanc : « Je suis devenu un peu fou, à vrai dire, comme ces soldats malais, dans le temps. Et j'ai sauté sur le type. »

Miss Seeton, en revanche, réfléchissant aux événements en question en compagnie du commissaire divisionnaire Delphick, déclara que c'était vraiment une malchance, qu'elle avait simplement voulu mettre son parapluie sous le bras gauche pour serrer la main. De lady Thumper, c'est-à-dire, qui semblait un peu en dehors du coup. Et que, par accident, elle avait accroché la canne-siège de sir George. Avec la poignée du parapluie. Elle avait souvent admiré la manière dont les messieurs — et les dames, inutile de le dire — arrivent à garder l'équilibre sur ces drôles de petits sièges. Mais on risque de tomber très facilement, c'est inévitable — Mr. Delphick en conviendrait sûrement.

Bob Ranger raconta, lui, que d'où il se trouvait, à quelques mètres de là, Miss S l'avait époustouflé par l'intelligence de conception et d'exécution de sa manœuvre et qu'il resterait à jamais marqué par le spectacle de lady Thumper — oui, elle ! — pliée en deux par un fou rire.

On ne saurait jamais quelle version était la bonne, mais les faits, au moins, étaient incontestables : sir George tomba lourdement de son perchoir, percutant violemment Harvey qui se trouva à son tour projeté, tel un boulet de canon, contre sir Wilfred qui du coup se raccrocha désespérément à lui en tombant dans le lac, l'entraînant dans sa chute. Harvey, constatant le premier qu'il n'avait de l'eau que jusqu'à la poitrine, réussit à reprendre pied et à tirer Thumper pour le remettre debout aussi. Ils restèrent plantés ainsi quelques secondes, Thumper s'agrippant au jeune homme, tandis que Thrudd Banner prenait photo sur photo, à l'instigation de Mel Forby qui le gratifiait en même temps de petits cris d'adoration.

Ce fut Nigel Colveden qui remarqua au milieu de toutes ces péripéties que Trish n'était plus là. Jetant des regards inquiets alentour, il l'aperçut de dos au moment où elle disparaissait de sa vue. Comme tout le monde parlait à la fois, il se saisit de la canne-siège de sir Wilfred Thumper, à présent vacante, et partit en quête de sa bien-aimée.

Trish n'était nulle part mais Nigel, ayant entendu

le message de l'homme en blanc, se dirigea vers la maison, bientôt arrêté dans ses pas par une douloureuse indécision : il y avait apparemment plusieurs entrées et Trish avait pu emprunter n'importe laquelle pour aller répondre à l'appel de son interlocuteur anonyme, voire fictif. Et grand bien lui prit d'hésiter, sinon il n'aurait rien remarqué de bizarre dans l'ambulance garée tout près de là qu'il vit rouler, tanguer et sauter sur ses amortisseurs.

Un phénomène qui eût sans doute amusé Nigel, s'il n'avait été dans un tel état. Ayant goûté au côté sportif des ébats avec une jeune femme dans l'espace réduit de sa voiture de sport, il avait souvent songé avec envie aux avantages qu'il y a à pouvoir prendre un peu plus ses aises en pareille situation. En d'autres circonstances, l'idée que des amoureux chanceux fissent bon usage d'un véhicule équipé de vitres opaques et d'un vrai lit, ou presque, eût éveillé chez Nigel un intérêt envieux.

Mais il était inquiet et les soubresauts de la camionnette s'accompagnaient de bruits de coups et de jurons assourdis qui suggéraient plus la rixe qu'une partie de jambe en l'air échevelée. Nigel s'approcha de l'arrière de l'ambulance — la portière du chauffeur était ouverte — et il épia par la fente des deux battants de la porte arrière entrouverte.

Il arriva juste à temps pour voir Trish, majestueuse dans son courroux, s'apprêtant à jeter une bouteille d'oxygène, de taille réduite mais sûrement lourde, sur un petit homme au visage émacié et à l'air chafouin. Un homme qu'il avait déjà vu sur la route, aux portes de Rytham Hall, et à qui il avait en quelque sorte parlé. Nigel le vit lever les bras pour se protéger la tête mais le missile improvisé de Trish toucha malgré tout sa cible. La victime émit un drôle de petit bruit, entre un couinement et un jappement, et s'effondra sur le corps d'un deuxième homme qui gisait déjà là, en tas sur le plancher de la camionnette.

Nigel tira un bon coup pour ouvrir les deux battants de la porte et contempla l'impressionnant spectacle de la poitrine palpitante de la jeune femme haletante et au regard fou qui se trouvait à l'intérieur.

— Ça alors, Trish ! Ça va ? s'enquit-il.

La remarque n'était pas des plus romantiques, mais elle parut toucher une corde sensible. Trish le regarda en clignant des yeux, d'abord un brin déphasée, puis d'un air timide quand elle se rendit compte que le devant de sa robe s'était entrouvert. Elle la referma sans trop de hâte.

— Tu es venu à ma recherche, Nigel ! murmura-t-elle.

C'est alors que Bob Ranger arriva au triple galop, accompagné de l'inspecteur « la Racaille » Arbuthnott et d'un collègue nettement plus carré.

— T'es *drôlement* chouette, toi alors ! souffla Trish.

CHAPITRE XVII

— Ils se mettent à table comme des affamés, déclara Brinton. Tout au moins mes deux lascars, ils ont pas arrêté de jaspiner depuis que les gars du Sussex nous les ont livrés. Le code d'honneur des malfaiteurs ? À qui vous voulez faire croire ça ! Le Mignon jette la pierre à son pote. Qui l'a détourné du droit chemin, à ce qu'il dit. Un jeune innocent, frais émoulu des bancs de l'université, qui a commencé au bas de l'échelle dans une de ces maisons de vente aux enchères très sélectes. *Sotheby's*, peut-être ? Il s'est bien débrouillé, il a appris les ficelles du métier, potassé les poinçons et les estampilles, au point qu'il est devenu un petit expert en argenterie. Si bien qu'on l'a mis au comptoir des « objets provenant de particuliers ». Tu sais, l'Oracle, les petites vieilles qui se pointent avec dans leur cabas la théière préférée de la grand-tante Fanny enveloppée dans du papier journal, en se demandant si ça peut valoir une ou deux livres.

— Tu ne vas tout de même pas me dire que ce fameux Norman Proctor est venu faire la queue, un jour, pour faire évaluer ses biens de famille, non ?

— Penses-tu ! Non, le Mignon a un petit problème personnel, tu vois ? Enfin, pas vraiment un problème, juste un truc dont il ne peut pas vraiment discuter avec sa maman qui se demande pourquoi il n'invite jamais de charmantes jeunes filles à prendre le thé à la maison. C'est parce qu'il préfère de beaucoup passer ses soirées dans un club tranquille auquel il appartient, où il y en a plein d'autres de son espèce et où on se l'arrache.

Delphick aimait autant les bonnes histoires que vous et moi mais, étant très occupé, commençait à se lasser de l'humour un peu lourd de Brinton.

— Alors, Proctor est homo aussi ? Ça m'étonne.

— Non, non, ta conclusion est fausse, là.

— Eh bien, rectifie-la, Chris. Désolé de te presser mais j'ai du pain sur la planche en veux-tu en voilà, tout de suite.

— Ah bon, d'accord, si tu tiens absolument à me couper mes effets. Comme tu le sais aussi bien que moi, il n'y a pas si longtemps qu'un gars risquait la prison pour ce qui vient naturellement à des types comme notre Harvey. Quand il est arrivé dans le milieu homo, c'était encore illégal, et il y avait des gars tordus à plus d'un titre qui ramassaient de jolis paquets de fric. Harvey a rencontré des escrocs qui ont découvert ses talents professionnels et l'ont persuadé de travailler un peu à son compte en faisant de temps en temps des évaluations. Ça s'est su. Proctor, qui avait besoin d'un associé expert en la matière, l'a contacté, et ça baignait dans l'huile. Il nous a parlé des casses d'églises et avoué où était planquée la camelote, mais il prétend n'avoir jamais voulu se mêler de trucs violents ni de kidnappings. Ça, c'était l'idée de Proctor, d'après lui.

— *De Proctor ?*

— Ouais. Il a dit que Parsons est un dingue, obsédé par un plan débile qu'il avait d'enlever la môme Thumper.

— Oui, oui, on le sait tous, ça.

— Pas la peine de m'engueuler comme du poisson pourri, l'Oracle ! Écoute-moi jusqu'au bout, je te raconte la version de Harvey. Proctor et lui avaient l'intention de laisser tomber Parsons comme une vieille chaussette après les casses des églises, jusqu'au moment où ils ont appris que c'était avec Miss Seeton qu'ils avaient eu maille à partir et ils ont commencé à s'inquiéter. C'est là-dessus que Proctor a découvert que toute la bande allait se rendre à Glyndebourne, pratiquement à deux pas de l'endroit où travaille Parsons. Alors ils ont mitonné un plan : ils feraient semblant d'être dans le coup avec Parsons pour l'aider à piquer la fille, et ils le balanceraient. Ils feraient un marché sur son dos, vu ? Nous rendre la gosse Thumper et nous offrir Parsons sur un plateau, si on voulait bien tirer un trait sur les cambriolages.

— Là, pour une histoire à dormir debout, c'en est une fameuse !

— J'ai entendu pire dans mon temps. Enfin, le Mignon a l'air d'y croire, lui. Et semble penser que s'il cafte sur son pote, on aura peut-être la main légère avec lui, vu que c'est son premier délit.

— Ah, c'est ce qu'il croit, tiens donc ? Et bien sûr, tu n'as rien fait pour l'encourager à nourrir pareille idée, n'est-ce pas, Chris ? Et qu'est-ce que Proctor raconte, lui ?

— Sa version est assez différente de celle de Harvey, inutile de te dire. Il se résigne à l'idée qu'il est bon pour un nouveau séjour à l'ombre, avec un casier judiciaire comme le sien, mais il n'a pas plus envie que Harvey d'être accusé de coups et blessures, agression, ou tentative d'enlèvement. Sa version à lui, c'est qu'il n'est qu'un cambrioleur à la petite semaine qui a, par hasard, partagé une cellule avec ce Parsons

— un homme éduqué mais un manipulateur à la Svengali[1] — et qui s'est retrouvé happé dans ses sinistres manigances. C'est Parsons qui a attaqué Miss S, conçu l'idée d'enlever Trish Thumper, et ainsi de suite. N. Proctor, lui, n'a été qu'un pion impuissant entre ses mains, et il est la pauvre et innocente victime de coups et blessures infligés à sa personne par la susdite T. Thumper. C'est sûr qu'il a une sacrée belle bosse sur la tronche pour l'attester !

— Eh bien, tout ce que je peux dire, c'est bonne chance, Chris ! Tout ça est fort intéressant mais, de mon point de vue, ça ne fait que compliquer encore l'affaire.

— Je vois pas pourquoi. Tu ne me dis pas comment ça avance avec ton client, non ?

— Si tu veux la vérité, pas bien du tout. Parsons n'avoue rien. En fait, il ne décroche pas un mot. Naturellement, il va être placé en détention préventive pour subir un examen médical. Pas physique — Trish Thumper ne lui a pas fait très mal quand elle l'a tabassé — mais son état mental sera sûrement un facteur important dans son procès. Il n'est pas du tout impossible qu'on le juge inapte à comparaître.

— Proctor prétend que c'est un mauvais génie, et Harvey le croit dingue, comme je t'ai dit. Et toi, quel est ton verdict ?

— Je n'aimerais pas me prononcer dans l'état actuel des choses. Sans compter qu'il y a des problèmes plus urgents à régler, de toute façon.

— Ah oui ?

1. Personnage de sinistre hypnotiseur dans un roman de George Du Maurier (*Trilby*), Svengali est devenu un nom commun désignant un homme qui prend de l'ascendant sur les autres pour les manipuler afin de leur faire accomplir ses sombres desseins. (*N.d.T.*)

— Et comment ! Telles que les choses se présentent, son employeur, le service d'ambulances du comté du Sussex, serait fondé à le poursuivre pour usage non autorisé de leur véhicule et pour avoir causé des dégâts, ou permis à un tiers de le faire, à l'intérieur de la camionnette. Et je suppose qu'on pourrait le pincer pour complicité dans les cambriolages d'églises. Mais c'est tout.

— Je t'ai bien entendu, l'Oracle ? Et alors, l'agression de Miss S ? La tentative d'enlèvement de la fille ? Les lettres de menaces à son vieux père ?

— Pas de chefs d'inculpation, semble-t-il.

— Pas de *chefs d'inculpation* ? Tu te fous de moi, non ?

— Pas du tout.

— Mais Miss S a déjà identifié Parsons comme étant le type qui lui avait sauté dessus à l'église ! Fais pas l'enfant, c'est ce qui nous a mis la puce à l'oreille pour toute l'affaire !

— Je sais, mais elle ne veut pas qu'on intente de poursuites contre lui — elle a eu une longue conversation avec Ranger, ce matin. Comme du reste Trish Thumper qui lui a déclaré — et je n'ai pas la moindre idée de ce qui lui permet d'avancer ça — que son père ne poursuivrait pas non plus.

— Mais, bon sang, qu'est-ce qui a bien pu se passer ?

— Je ne sais pas, mais j'ai bien l'intention de l'apprendre. Je vais descendre à Plummergen, un peu plus tard dans la journée. Tout ce que Ranger a été capable de me dire c'est qu'après le fiasco du bord du lac — je m'en veux d'avoir raté ça, Chris, j'aime autant te dire ! — et le coup de poing dans l'ambulance, toute la bande de Plummergen a eu suffisamment de bon sens pour abandonner l'opéra et rentrer dans ses foyers. Accompagné d'un sir Wilfred fort déconfit, vêtu de la nappe de pique-nique en guise de sarong et de la veste du costume neuf de Bob Ranger qui n'appréciait pas du tout. C'est le journaliste, Banner, qui a conduit le juge, lady Thumper et Mel Forby dans la voiture des Thumper. Ranger a ramené Miss Seeton qui a insisté pour qu'il la dépose à Rytham Hall avec les autres.

— Eh bien, ça a dû être un fameux cirque quand ils ont tous débarqué là ! Alors, comme ça, ils ont mis le vieux Thumper dans un bain chaud, puis au lit, après quoi Miss S et Trish ont réfléchi de concert et décidé de nous embrouiller l'affaire, pour de mystérieuses raisons qui leur appartiennent. C'est bien ça, selon toi ?

— C'est tout ce que j'arrive à imaginer pour l'instant. Bon, tu gardes ça pour toi, Chris. J'essaierai de te tenir au courant mais, tant que je ne sais pas moi-même, je ne veux pas qu'on se mette à en faire des tonnes là-dessus. Ni toi, ni les autres.

— Dépêche-toi, j'en peux plus de ce suspense !

À peine Thrudd eut-il franchi le seuil de la porte que Mel, assise à la petite coiffeuse de sa chambre du *George and Dragon*, bondit pour se jeter dans ses bras, réussissant à le serrer très fort tout en lui soutirant la grosse enveloppe brune qu'il portait. Elle désigna de la tête sa machine à écrire, posée en équilibre instable sur la coiffeuse.

— J'ai essayé de faire un premier jet de l'histoire mais je n'arrivais pas à me concentrer. T'as mis sacrément longtemps, mon amour.

Elle sortit les photos de l'enveloppe, les examina quelques instants et, incapable de garder son air sérieux plus longtemps, lui offrit un sourire de bonheur sans mélange :

— Thrudd, t'es un génie. Je te pardonne ce sourire satisfait que tu arborais en entrant.

— Pas mal, non ? J'ai eu plutôt peine à persuader le type du studio-photo de Brettenden de les tirer en priorité. Paraît qu'il est spécialisé dans les mariages, les gosses et les animaux de compagnie ; il avait un rendez-vous urgent avec un cocker. Mais quand je lui ai parlé du pouvoir de la presse, il a consenti à développer la pellicule, à tirer les contacts et quelques agrandissements, au nom des vertus spéciales de l'argent.

— Qui est un petit malin, hein ! Youpie !

Ayant étalé les agrandissements sur le lit, Mel étudia plus attentivement la planche de contacts qu'elle avait en main.

— Je lui ai juste fait agrandir les plus évidentes, mais il y en a quelques autres qui pourraient être intéressantes.

Mel reposa les contacts et resta plantée près de la tête du lit à contempler les clichés.

— Mon seul regret, c'est que les journaux ne puissent pas encore publier de photos couleurs. Ça viendra, paraît-il. Mais je n'arrive pas à oublier le parfait mariage entre les cheveux de ce type et son nœud papillon. Thumper est peut-être un vieux pète-sec mais il a du goût dans le choix de ses petits amis. Cette photo-là l'emporte haut la main, si tu veux mon avis.

— En tant que critique musical, tu veux dire, ou que chroniqueuse de haute volée ?

Thrudd s'approcha de Mel par-derrière, l'entoura de ses bras et blottit sa tête contre sa nuque. Puis il regarda par-dessus son épaule la photo qu'elle avait indiquée.

L'image était parfaitement définie et montrait un Harvey trempé, de l'eau jusqu'à la poitrine dans le lac de Glyndebourne, et un sir Wilfred Thumper tout aussi ruisselant et qui semblait l'enlacer. Mais au lieu de l'air choqué et du désarroi qu'on se serait attendu à trouver sur le visage bien reconnaissable du juge, l'objectif de Thrudd avait capturé une expression qui ressemblait étrangement à de l'affection mêlée d'ébriété.

— Si je passe sur ton trait d'esprit peu galant, tout ce qu'il nous reste à faire, maintenant, c'est de trouver le meilleur usage possible de ces photos. Et de découvrir ce que peut bien mijoter ton amie et la mienne, Miss Emily D. Seeton ! Hé, vous ai-je donné la permission de retirer vos bras, Mr. Banner ?

Il les remit autour d'elle et serra fort :

— Oh, Mel, tu es si dure. Tu seras douce avec moi, non ? plaida-t-il, reprenant une voix normale pour ajouter : Ah bon, parce que Miss S *mijote* quelque chose ?

— Tu parles, et comment donc ! Je suis passée la voir ce matin : elle avait l'œil vif et elle pétait le feu, comme d'habitude.

— Et pourquoi pas ? C'est pas elle qui s'est fait jeter dans le lac, elle s'est contentée d'y pousser les autres.

— Ce n'est pas comme ça qu'elle a expliqué la chose, mais peu importe. Elle m'a offert un petit café et on a bavardé. On s'est accordées à se réjouir que Trish Thumper soit définitivement hors de danger, mais Miss S a avoué qu'elle était déçue d'avoir raté le reste de *La Calisto*. Ensuite, elle m'a regardée du coin de l'œil d'un air malin, comme elle fait parfois, avant d'ajouter que Trish et elle avaient joint Bob Ranger dès le matin, pour l'informer qu'elles n'avaient pas l'intention d'intenter de poursuites à l'encontre de celui qu'elle appelle le Tintoret. Le chauffeur de l'ambulance.

— Elles ont fait *quoi* ?

— Tu m'as bien entendue. Pour le moins, pas avant de tout savoir sur lui. Miss S est convaincue qu'il a un chagrin secret et elle semble en avoir persuadé Trish.

— Et comment donc qu'il a un chagrin secret, même que je devine ce que c'est. Il est navré de s'être embarqué dans cette histoire de fous et il l'est encore plus à l'idée des années de tôle que ça va lui coûter.

— Ça reste à voir. Delphick doit venir à Plummergen, un peu plus tard dans la journée, sans doute pour essayer de les raisonner.

— Mais Mel, c'est pourtant le type qui a rendu la vie impossible à toute la famille Thumper. Et même si Trish est suffisamment malavisée pour vouloir le laisser s'en tirer à bon compte, tu peux parier ta dernière chemise que le vieux sir Pisse-vinaigre, lui, ne l'entendra pas de cette oreille.

— On verra. De toute façon, il est midi passé. On descend déjeuner ou quoi ?

— Si le « quoi » est bien ce que je pense, alors je préfère ça.

— Mais Miss Seeton, il faut bien que la justice suive son cours, savez-vous.

— Oh, mais je suis sûre que ce sera le cas, maintenant que vous m'avez si aimablement expliqué les raisons. De la difficile situation de ce pauvre homme, je veux dire. C'est quelque chose dans le regard, vous savez. Trish — quelle gentille fille ! — a tout de suite compris quand je le lui ai expliqué.

— Je vous accorde que c'est une triste affaire, mais on a des preuves en béton que Parsons a bien filé avec cet argent.

— En effet, mais de manière parfaitement absurde, d'après ce que vous m'avez raconté. Et, voyons, Mr. Delphick, moins de deux heures plus tard, on avait retrouvé cet argent. Il n'y a pas eu un centime d'intérêt de perdu pour la *building society* — la *Reliable*[1], je crois. Quel beau nom, et si facile ! Vous savez, je me demande combien de sociétaires de celle qui s'appelle la *Woolwich Equitable* utilisent le mot « équitable » dans le langage de tous les jours. Si Mr. Parsons s'est oublié au point de se laisser aller à agir de manière *non fiable*, eh bien, c'est sans doute qu'il était distrait. Il y a quelques années, j'ai moi-même été choquée de m'apercevoir que j'avais par inadvertance emporté un livre de la bibliothèque publique sans le faire enregistrer. Et moi, c'était juste parce que je pensais à des plumes d'oie à ce moment-là, pas parce que je me rongeais d'inquiétude à propos de ma fille bien-aimée.

— Les cas douloureux font de mauvaises lois, Miss Seeton.

— Quelle stupide maxime ! Elle est de Pearl Buck, je m'en souviens. Finalement, ça ne m'a pas du tout plu. Le livre, veux-je dire, alors je l'ai rendu. Bon, ce genre de principe serait peut-être du goût de sir Wilfred Thumper, mais moi, ça ne me dit rien.

— Ça ne vous ressemble guère d'être si véhémente, Miss Seeton !

— Véhémente. Voilà un terme relativement peu commun. Eh bien, *vous*, Mr. Delphick, vous n'auriez pas de problème avec un mot comme « équitable ». Je l'admire. Votre vocabulaire, j'entends. Mais j'avoue que c'est vrai, je suis profondément touchée. Quelle histoire navrante ! Le pauvre homme !

— Mais il vous a agressée, cet homme-là ! Et il a tramé un plan pour retenir Trish prisonnière — au minimum. Voire pour lui faire du mal.

Miss Seeton secoua la tête d'un air de certitude :

1. La Fiable. (*N.d.T.*)

— Pas le Tintoret, Mr. Delphick. Il a une barbe très fournie qui lui cache le menton mais je vous ai déjà parlé de son regard. Je doute fort qu'il aurait fait du mal à Trish, même si elle ne lui avait pas démontré de manière si convaincante qu'elle pouvait se défendre toute seule. Quant à moi, soupira-t-elle, je suis encore gênée de lui avoir fait mal en le frappant avec ma torche, alors qu'il avait juste voulu m'effrayer un peu. C'est l'autre homme qui m'a ligotée. Celui de la camionnette, avec ce ridicule accent qu'il s'efforçait de prendre. Il avait peur, voyez-vous. Que je ne reconnaisse sa voix.

Delphick sourit.

— Oui. Et je me rends compte qu'à votre façon, vous lui avez donné des raisons de regretter cette deuxième rencontre aussi. Alors, dois-je vraiment comprendre que vous êtes disposée à passer l'éponge sur toute cette histoire ?

— Oh, seigneur, non ! Mr. Parsons a perdu sa fille dans des circonstances abominables. Cette enfant qu'il aimait au point de risquer sa vie professionnelle et personnelle. En tentant de l'aider. Après quoi le pauvre homme a dû subir une humiliation publique bien inutile, infligée par une brute odieuse. Il faut faire quelque chose !

— Voilà de fortes paroles, Miss Seeton, s'étonna Delphick, fasciné par son esprit militant — un côté qu'il ne lui connaissait pas.

— Eh bien, c'est que, voyez-vous, tant de malheur en a découlé. Du procès. Je me rends bien compte que sir Wilfred Thumper n'est pas responsable. De la mort de cette pauvre enfant, veux-je dire. Mais critiquable, certainement. C'est compréhensible, non, Mr. Delphick ? Que Mr. Parsons ait fait de lui la cible de son désir de revanche, durant ses longues années de torture mentale, non ?

— C'est peut-être compréhensible, mais je ne vois pas bien pourquoi Trish Thumper devrait faire preuve d'autant de magnanimité que vous. Parsons a avoué plus ou moins de son plein gré — témoignage écrit à l'appui — qu'il lui avait administré une substance nuisible au *Hurlingham Club*, ce qui l'a rendue malade et lui a fait perdre un match important.

— Franchement, Mr. Delphick ! Elle m'a confié que ce n'était jamais qu'un fort laxatif. Martha Bloomer elle-même ne jure que par les *Eno's Fruit Salts*, et elle ne qualifierait certainement pas ça de « nuisible ». Elle préfère le « sirop de figues de Californie » mais on n'en trouve plus de nos jours, m'a-t-elle dit. Et puis ce n'était qu'un match-exhibition. Pas la moindre espèce d'importance.

Delphick hocha lentement la tête et soupira :

— Bon, je vois bien que ça ne sert pas à grand-chose d'argumenter avec vous, conclut-il, se levant pour partir. Merci pour le thé et le gâteau, Miss Seeton. Il faut que j'aille à Rytham Hall, maintenant. Voir sir Wilfred.

— Vraiment ? J'ai cru comprendre qu'à part un rhume carabiné, il n'a pas eu à souffrir de sa mésaventure. Plutôt l'inverse, en fait.

— Que voilà une mystérieuse remarque, Miss Seeton ! Quoi qu'il en soit, laissez-moi vous rappeler qu'il y a des mois que Parsons lui fait subir un terrible stress mental et émotionnel. En dépit de ce que sa fille a dit à l'inspecteur Ranger, je doute fort que Thumper père ait l'intention de passer l'éponge.

L'air jusqu'alors grave de Miss Seeton s'égaya sous l'effet de l'étincelle qui s'alluma dans son regard :

— N'en soyez pas si sûr, Mr. Delphick, dit-elle gentiment.

CHAPITRE XVIII

Cela peut paraître étrange de dire d'un coup toqué à la porte qu'il est « hésitant ». Audible ou inaudible, certes, mais tout autre qualificatif ne peut être qu'un effet de l'imagination, non ? Eh bien, pas du tout. Une personne un tant soit peu sensée n'aura pas à réfléchir longtemps pour accepter le fait que l'occupant d'une chambre, entendant frapper une volée de coups aussi fracassants que le tonnerre, aurait parfaitement raison d'y voir une menace, de même qu'un martèlement rapide pourrait sembler péremptoire ou impatient. Voilà pourquoi sir George Colveden, qui se trouvait dans la bibliothèque de Rytham Hall, eut raison de penser que les petits coups qu'il entendait à la porte étaient le fait d'une personne hésitante, voire timide.

— Entrez ! lança-t-il.

Se calant dans son fauteuil, il regarda tourner le bouton de la porte et vit celle-ci s'ouvrir comme sans le secours d'une intervention humaine. Puis, à mesure que l'ouverture s'agrandissait, un pâle visage apparut, à demi dissimulé sous une couche de mouchoirs en papier maintenus sous un nez dont le rouge tranchait sur le reste.

— Tu, euh, boulais be voir, ba-t-on dit, Colbeded.

— Ah, te voilà, Thumper. Oui, en effet, je désirais

te voir. Eh bien, ne reste pas planté là, entre donc, va. Voilà, comme ça. Prends un siège, mon vieux.

Suite à un coup de fil de Miss Seeton, sir George, qui n'était pas homme à se dérober à un pénible devoir, s'était mentalement préparé à l'entrevue qui allait suivre. Il sentit néanmoins fondre sa détermination devant ce personnage au pas incertain et au nez coulant qu'était sir Wilfred Thumper.

— Seigneur Dieu ! Je viens de m'apercevoir que je ne t'ai pas vu depuis hier soir. Mais tu as l'air d'un déterré, mon vieux !

— Braiment nabré, Colbeded. Bais c'est ta febbe qui b'a doddé ça à be beddre sur le dos.

— Non, non, je ne voulais par parler de ma vieille robe de chambre. Je croyais qu'elle l'avait donnée à l'Armée du Salut ou à Oxfam[1] il y a des années. Je t'en prie, elle est à toi. Tu peux l'emporter, si tu veux. Non, je voulais parler de ce terrible rhume de cerveau que tu as. Tu devrais être au lit. J'appelle le médecin pour qu'il t'examine, non ?

— J'étais au lit, Colbeded, mais Labidia b'a dit de be leber et de be brendre en bain, fit sir Wilfred avant de s'abandonner à une série de violents éternuements.

Incrédule, sir George le regarda, bouche bée.

— *Lavinia* t'a dit ça ? Ça ne lui ressemble pas du tout, pourtant. Qui plus est, depuis quand écoutes-tu Lavinia ? s'étonna-t-il, marquant une pause, un peu décontenancé, avant de s'éclaircir la voix. Oublie ça, Thumper. Remarque déplacée, pas mes oignons. Désolé. En tout cas, t'as un sacré rhume. Tiens, tu ferais mieux de prendre un whisky.

Sir George décida de se donner aussi un peu de cœur au ventre. Le temps nécessaire pour aller à la petite

1. *Oxford Committee for Famine Relief* : organisation caritative. (*N.d.T.*)

table-bar et préparer les verres lui permit de réfléchir et il décida de réviser sa tactique antérieure : manifestement, il allait falloir se montrer plus subtil. Le malade accepta le verre avec une humble gratitude.

— Drès gendil de da bart.

— Ce n'est rien, je t'en prie. Dis donc, Thumper, tu te souviens d'un dénommé Remington ?

— Rebigdod ? Oui. Le *prefect*[1]. De dotre « baison ». Bas de risque de l'oublier.

— Exactement ! Je dirais même plus... Complètement mauvais, il tourmentait les plus jeunes. Les accusait d'enfreindre toutes sortes de règles dont ils ignoraient l'existence. Pour la bonne raison qu'elles n'existaient pas, pardi ! Ils jouaient au tribunal, lui et ses acolytes, et ils inventaient des châtiments humiliants, juste pour s'amuser. Ce genre de truc.

— C'est brai. Un sadique besdial, du l'abbelais. Et la fois où tu b'as sauvé, Colbeded ?

Sir George battit des cils tandis que sa mémoire recréait dans son esprit l'image bien vivante d'une remise à moitié vide, à l'école, une cinquantaine d'années en arrière. Un groupe d'élèves des grandes classes, railleurs et méprisants, entourant l'innommable Remington ; un gamin maigrelet devant eux, la culotte courte en accordéon sur les chevilles, le visage ruisselant de larmes, une petite voix tremblante et haut perchée, s'efforçant malgré ses sanglots d'exécuter la chanson comique que lui imposaient ses tortionnaires. Et lui, Colveden, seize ou dix-sept ans à l'époque, faisait irruption dans la pièce, et, découvrant la scène, hurlait d'indignation tout en se jetant sur

1. Nom qui désigne les élèves responsables de la discipline dans certaines écoles anglaises, généralement choisis parmi les meilleurs élèves des classes terminales pour qui c'est une sorte de distinction. Il y en a plusieurs par « maison ». (*N.d.T.*)

Remington à bras raccourcis pour défendre le jeune Thumper, son *larbin*.

— Bêbe que tu l'as fait saidier du dez ! Bareil pour deux des autres, aussi.

— Ah, tu t'en souviens ! Je dois avouer que ça me surprend un peu, à la lumière de ce que je viens d'apprendre aujourd'hui. Autant te dire que je m'apprêtais à te faire des remontrances en bonne et due forme. Et que je regrette un peu de ne plus être habilité à te caresser l'échine avec un chat à neuf queues, déclara sir George devant son ancien *larbin*, les yeux aussi rouges que le nez, qui l'écoutait d'un air de plus en plus pitoyable. J'ai été fier de toi, petit Thumper. J'ai suivi ta carrière avec intérêt et, oui, que diantre, avec respect. Ça n'est pas rien de devenir un juge de Sa Majesté, après tout ! J'ai su que tu passais pour être dur comme fer, et je me suis dit qu'un juge se devait d'être ferme. Je n'ai guère admiré la façon dont je t'ai vu traiter Lavinia par moments, mais ça ne se fait pas de s'immiscer dans le ménage des autres, non ? Quoi qu'il en soit, jamais je n'aurais cru devoir affronter le fait qu'un de mes anciens larbins soit devenu une brute. Tu m'as déçu, mon vieux.

— Si du le dis, Colbeded. J'en suis désolé, Colbeded.

— J'espère bien ! Bon, il n'est jamais trop tard pour réparer. D'après ce que j'ai cru comprendre, le gars qui t'a écrit ces fameuses lettres avait toutes les raisons du monde de t'en faire voir. C'est bien ça, non ?

— Beut-êdre, Colbeded, bais...

— Il n'y a pas de peut-être et de mais qui tiennent. Sais-tu que Miss Seeton et Patricia ont toutes deux décidé de ne pas le poursuivre ?

— Oui, Colbeded. Badricia be l'a dit.

— Bien. Bon, j'ai cru comprendre que le commissaire divisionnaire Delphick allait bientôt venir te voir. Et que te proposes-tu de lui dire ?

Une lueur de défiance revint pour la première fois dans les yeux rougis de sir Wilfred :

— Justice doit êdre faite ! affirma-t-il.

Mel Forby raccrocha le téléphone et se tourna vers Thrudd :

— C'est pas vrai ! Je ne me souviens pas que Miss Seeton m'ait jamais appelée.

— Elle va bien, non ? Elle n'est pas malade ou autre chose ?

— Je ne crois pas. Juste un peu chiffonnée. Delphick sort de chez elle à l'instant — sa deuxième visite de la journée. À l'entendre, le vieux Thumper insiste pour que Parsons reçoive la peine maximale, indépendamment de ce que Trish et elle ont décidé. À cause des lettres de menaces qu'il lui a envoyées.

— Bon sang ! Il ne lâche pas prise facilement, hein !

— Non. Apparemment, sir George, Trish et lady Thumper elle-même ont tous essayé de le convaincre, mais il ne veut pas en démordre.

— Lady Thumper ? Mais ça fait des années qu'il la traite comme une carpette, non ?

— Paraît-il, mais il semblerait que la vue de son mari piquant une tête dans le lac l'ait complètement remontée. Après avoir passé le plus clair de leur vie de couple dans la crainte, elle s'est soudain rendu compte qu'il n'était pas du tout le personnage digne et impressionnant qu'elle croyait, mais rien qu'un vieil imbécile pompeux et ridicule qui vit à ses crochets depuis bien trop longtemps.

— Eh bien, voilà un joli coup, de nature à faire progresser la liberté ! Mais, si Thumper est sonné sans être au tapis, comme le dit Miss Seeton, je suppose que Parsons devra quand même payer l'addition.

— Pas forcément, répondit Mel d'un air pensif. Thrudd, mon chéri ? ajouta-t-elle en lui caressant la joue avec une infinie tendresse.

— Annoncez l'objet de votre démarche, Forby !

— Je me demandais...

— Tu te demandais si je tenais tant que ça à vendre cette photo de Thumper et de son petit ami à un magazine à scandale français. Exact ?

— Quelle idée ! Sans compter que ce n'est sans doute pas son petit ami.

— Qui sait ? Mais de toute façon, on ne peut pas tolérer que Miss Seeton soit chiffonnée, surtout à cause d'un fumier comme Thumper. Tu veux que je te dise ce que selon moi on devrait faire ? Je pense qu'on devrait aller à Rytham Hall, demander à voir sir Wilfred et lui montrer cette photo.

— Monsieur *Banner* ! s'exclama Mel, l'air réellement choqué. Vous m'étonnez ! Tu proposes de faire chanter ce pauvre vieux monsieur ?

— En quelque sorte.

— Parfait. J'ai bien cru que tu allais mettre des siècles pour y arriver !

— J'entends des pas. Et des voix. Éteins vite la lumière, Norah !

— Bon, mais c'est tout de même la rue principale du village, là dehors, objecta Mrs. Blaine qui s'exécuta néanmoins, plongeant le salon dans l'obscurité.

Miss Nuttel écarta alors les rideaux de quelques centimètres et lorgna par la fenêtre.

— Chut !

— Mais je ne dis rien, Eric !

Des voix se firent entendre :

— ... ça alors, qu'est-ce que je suis contente que tu sois là !

— T'aurais pas pu te débrouiller sans moi, mon cœur, n'est-ce pas ? Je me demande si Bob Ranger est au courant de tout ça.

— Les derniers développements, tu veux dire ? Je doute...

Les voix s'évanouirent peu à peu.

— Là ! Qu'est-ce que je t'ai dit, hein !

— Tu ne m'as rien dit. Maintenant, je peux rallumer ?

— Bon, je suppose que oui.

Clignant des yeux, Mrs. Blaine observa le sourire satisfait de son amie :

— Eh bien, qui était-ce donc ?

— La Forby. Avec son cher et tendre, Banner.

— Dis donc, tu crois vraiment que c'est son cher et tendre ? s'enquit Mrs. Blaine avec intérêt. Thrudd Banner est assez connu, tu sais.

— Il l'a appelée « mon cœur ».

— Je crois que les journalistes usent facilement de mots tendres, tu sais, Eric. Comme dans le monde du théâtre : c'est chéri par-ci, coco par-là, releva Mrs. Blaine avec nostalgie, car il y avait fort longtemps que Miss Nuttel ne lui avait tenu un tel langage.

— Tu peux me croire : ils couchent ensemble. Je l'ai vu à la manière dont elle s'accroche à son bras. Et il portait une grosse enveloppe.

— Ils n'avaient pas l'air de se diriger vers *Sweetbriars*, d'après le son. Peut-être chez le Dr Wright ? Je n'ai pas entendu mentionner le nom de l'inspecteur Ranger ?

— Si. Et j'en déduis qu'ils supposent qu'« on » a délibérément omis de l'informer. Vraisemblablement ses supérieurs, qui sont de mèche avec eux. Alors, ça m'étonnerait qu'ils aillent le voir. Je ne sais pas où ils vont, mais il y a deux choses dont je suis sûre, Norah : la première, que Forby et Banner sont amants et complices. La seconde, qu'ils trempent dans une affaire louche en rapport avec le contenu de cette enveloppe.

Et, pour une fois, Miss Nuttel avait absolument raison.

CHAPITRE XIX

Sir Hubert Everleigh joignit les mains en forme de clocher, les posa sous un de ses nombreux mentons dans un geste vaguement apparenté à une attitude de prière, et considéra Delphick par-dessus ses lunettes :

— Ne me posez pas de questions, l'Oracle ! Tout ce que je peux vous dire, c'est ce que le directeur, dans son infinie sagesse, a cru bon de me communiquer : à savoir que M. le juge Thumper est rentré du Kent hier matin, a réintégré sa résidence londonienne et lui a aussitôt téléphoné en demandant à le voir d'urgence et personnellement. Que le directeur l'a reçu quelques minutes, l'après-midi même, bien que de nombreux autres engagements se soient disputé son précieux temps qui, naturellement, coûte encore plus cher au contribuable que vos heures ou les miennes. Et qu'en conséquence de cette entrevue, notre patron a appelé le chef de la police du Kent pour lui « glisser un petit mot discret à l'oreille » — ce sont ses termes.

— Lequel chef, à l'heure qu'il est, raconte sans doute au commissaire Brinton plus ou moins la même chose que ce que vous venez de me dire.

— Ce n'est pas seulement fort possible mais des plus probable. Et, sachant que vous êtes comme des frères, vous et lui, je suis sûr que Brinton ne tardera pas à vous passer un coup de fil — ou vous à lui — pour comparer vos histoires. Vous connaissez l'expression : « des rouages à l'intérieur des rouages » ?

— Oui, monsieur.

— Expression mystérieuse, quand on y réfléchit, mais on comprend plus ou moins ce qu'elle veut dire.

— Tout à fait. Je dois dire que dans le même ordre d'idées, ça me rappelle, je ne sais pourquoi, d'autres expressions bien commodes, telles que « le réseau des anciens élèves », monsieur.

— En effet, Delphick, en effet. Vous vous souvenez sans doute que sir George Colveden, outre qu'il est un membre respecté du tribunal d'instance de Brettenden, joue aussi au golf avec le chef de police que je viens de mentionner. On peut donc raisonnablement supposer que l'appel du directeur n'est guère arrivé par hasard. De vous à moi, que croyez-vous qui ait pu persuader Thumper de changer d'avis si radicalement, entre le moment où vous l'avez quitté, cet après-midi-là, et le lendemain, quand il a imploré le directeur de laisser tomber toute l'affaire Parsons ? En dehors des chefs d'accusation de vol, bien entendu.

— Ça, j'aimerais vraiment le savoir !

— Peut-être aurais-je dû mentionner que, d'après le directeur, Thumper lui a paru terriblement gêné quand ils se sont vus. Au point d'avouer qu'il aurait bien préféré présenter sa demande par lettre ou par téléphone, si ce n'était l'urgence de la chose et le fait qu'il tenait à s'assurer, vu les circonstances, que le directeur n'aurait aucun doute sur son identité. Dites-moi, est-ce que Thumper vous a paru plus ou moins conforme à sa détestable personne quand vous l'avez interrogé à Rytham Hall ?

— Loin s'en faut. D'abord, il avait un rhume de cerveau de tous les diables. Il était emmitouflé dans une incroyable robe de chambre qui rappelait un peu les couvertures qu'on met sur les chevaux et il a vidé une demi-boîte de Kleenex en une vingtaine de minutes.

— Ce qui prouve simplement que les messieurs d'un certain âge et d'habitudes sédentaires devraient s'abstenir de plonger dans les lacs. Même à Glyndebourne. Bon, je vois : ça explique qu'il ait été un rien abattu. Bien que, d'après vous, on sentît malgré tout l'inflexible défenseur de la loi, et connu comme tel.

— Pas exactement, monsieur. Ce qui m'a frappé, ce n'est pas seulement qu'il était malade comme un chien mais qu'il semblait aussi avoir perdu de sa superbe, bien que ressassant avec acharnement que Parsons aurait à répondre des lettres de menaces qu'il lui avait envoyées. Naturellement, je lui ai demandé ce qu'il pensait de la décision de sa fille de ne pas entamer de poursuites à propos des incidents survenus au *Hurlingham Club* et à Glyndebourne.

— Et alors ?

— Il s'est contenté de marmonner que sa fille était bien trop sous pression avant Wimbledon pour se soucier en plus de pareilles choses. Au fait, elle doit jouer à Hastings, demain. Contre l'Américaine qui l'a battue au *Hurlingham Club* la semaine passée.

— Eh bien, elle a l'air en pleine forme, à en juger par le rapport de Ranger sur la façon dont elle a réglé leur compte à ces deux gaillards, à Glyndebourne. Espérons que cette fois-ci, elle gagnera. Ranger est-il déjà rentré ? La police du Kent ayant mis fin au dispositif de protection, il n'y a apparemment plus guère de raisons qu'il reste à Plummergen.

— Bien au contraire, monsieur. Il se marie demain après-midi. À la fille du médecin de l'endroit. Et je dois assister à la cérémonie, ajouta Delphick après une petite toux modeste.

— Ah bon ? Et en quelle qualité, si j'ose le demander ?

— Oh, ce devait être juste à titre amical, jusqu'à ce matin, quand Ranger m'a appelé : il était dans tous ses états parce que son frère, qui devait être son premier garçon d'honneur, s'est cassé la jambe en faisant du ski nautique et ne peut pas être de la fête. Il m'a demandé si je voulais bien le dépanner. J'ai été étonné d'apprendre qu'il est marchand de vins, et à Tewkesbury, pensez ! Le frère, je veux dire.

— Je ne vois pas ce que ça a de bizarre de vendre du vin à Tewkesbury. Une petite ville prospère où il fait sans doute de bonnes affaires. Enfin, vous vous êtes manifestement senti suffisamment flatté pour accepter.

— Et comment donc ! Je suis plutôt âgé pour jouer les garçons d'honneur mais...

— J'espère que Mrs. Delphick a donné son consentement à cette idée folle. Mon cher Oracle, vous rendez-vous compte de ce que cela implique ? Une soirée à enterrer la vie de garçon d'un jeune homme en compagnie de la fine fleur de la jeunesse masculine de Plummergen ? Sans parler du risque de ne pas retrouver l'alliance, demain ? Du discours humoristique qu'il faudra faire à la réception ? De toutes les demoiselles d'honneur qu'il faudra embrasser à la ronde ? Ah, je vous envie !

Dès qu'il vit Trish sortir des vestiaires, Nigel se leva comme un ressort du banc où il s'était ingénié à tuer le temps en gravant un cœur transpercé d'une flèche, à l'aide du canif qui ne le quittait pas depuis son enfance. Accourant à ses côtés, il lui fit un large sourire et lui prit le gros sac à bandoulière qui contenait ses affaires.

— La voiture est juste là, Trish chérie. Eh bien, comment ça a marché, aujourd'hui ?

— Pas mal. Pas mal du tout, même. Mon entraîneur promet de me massacrer, cette fois, si je ne bats pas Nancy.

— Mince alors, tu es vraiment fantastique ! Après tout ce que tu as enduré cette semaine, personne n'aurait rien trouvé à redire si tu avais déclaré forfait pour le match de demain.

— Ça serait drôlement minable. D'autant que je me sens bien. Mieux que jamais. Ne malmène pas trop mon sac, tu seras un chou.

Elle regarda Nigel glisser doucement le sac derrière les sièges de la MG avant de monter lui-même en voiture. Nigel allait démarrer quand elle se pencha vers lui et lui posa une main sur le poignet :

— Je n'ai pas droit à un baiser ? Mmm, ça va mieux, ajouta-t-elle, quelques langoureuses minutes plus tard. Bon, on y va, et conduis doucement. J'ai envie de me sentir paresseuse. Tu sais, ça me manque un peu, l'escorte de police, mais au moins, on est seul à seule, non ?

— L'escorte de police ? Qu'est-ce que...

— Cher Nigel, tu es nul, comme acteur ! Tu crois vraiment que je n'avais pas remarqué les flics qui nous suivaient tous les jours ? Franchement, je ne sais pas pourquoi les gens s'imaginent qu'une fille qui a un peu de muscle n'a du coup rien dans la tête ! J'ai plus ou moins su dès le premier jour ce que vous tramiez tous. Et maman m'a dit qu'elle aussi, elle était au courant dès le début, pour les lettres anonymes.

— Ah oui ? Pourtant, vous étiez censées ne rien savoir, l'une et l'autre. Tout ça devait rester un secret absolu, même le fait que tu étais chez nous.

— C'est sûrement pour cela que tu t'es précipité au village pour le raconter à tout le monde, je présume. Bien sûr que maman savait, mais elle avait bien trop peur de mon vieux tyran de père pour l'avouer. Jusqu'à ce que Glyndebourne lui change la vie. Une fois qu'elle l'a vu dans le lac, l'air terrifié, se raccrochant de manière pathétique à ce type plutôt sexy, avec sa ceinture rose — celui qui l'a repêché —, eh bien, t'imagines le reste !

— Plutôt sexy ? Quel commentaire extravagant ! Surtout quand on sait que le misérable que tu juges bon de qualifier de « plutôt sexy » a été arrêté pour avoir conspiré à ton enlèvement.

— Non, on ne l'a pas arrêté. Bon, je suppose qu'il est toujours en tôle, mais uniquement pour avoir piqué l'argenterie à l'église. Miss Seeton et moi, on a mis le holà à toute cette histoire à dormir debout. Note bien, ça n'a pas été facile de faire entendre raison à mon père mais, finalement, on y est arrivés « grâce à un petit coup de main de nos amis », dit-elle, paraphrasant les Beatles et chantonnant « *with a little help from my friends* » avec un sourire énigmatique.

— Quels amis ? Tu ne veux pas dire Mel et Thrudd, non ? Au fait, pourquoi sont-ils passés à l'improviste hier soir, en demandant à le voir en particulier ?

— Je ne vois vraiment pas pourquoi, répondit-elle avant d'être prise d'un fou rire. On ne sait jamais, ajouta-t-elle quand elle eut repris son souffle, peut-être qu'ils voulaient le photographier pour le *Daily Negative.* De toute façon, ne sois pas fâché : tu es bien plus sexy que le type à la ceinture rose. Et maman est une nouvelle femme. Ce matin, elle a téléphoné avant même qu'ils rentrent à Londres : elle a pris rendez-vous pour des soins de beauté au *Claridge* et retenu une cabine de première classe sur le *Queen Elizabeth II*. Elle part faire des courses à New York, la semaine prochaine.

— Vraiment ? Euh, tant mieux pour elle... mais dis donc, qu'est-ce qui va se passer pour...

— Mon père ? Oh, ça lui fera du bien de se débrouiller seul quelque temps. L'occasion de méditer un peu sur ses erreurs passées. Tout le monde lui est tombé dessus mais, lui, il n'y a que sa vanité qui souffre, tu sais. Ça, et le fait que Colveden père lui ait passé un fameux savon, à en croire maman. Il lui a dit qu'il était une sale brute, qu'il jetait la honte sur leur ancienne école. Parfaitement vrai, en plus. Tu sais, Nigel, je crois bien que ça a dû le toucher au vif. Quand il m'a dit au revoir, ce matin, il reniflait pas mal...

— Pas étonnant, avec la sacrée crève qu'il tient !

— Ne m'interromps pas ! Non, ce que je veux dire, c'est qu'il s'est mis à faire du sentiment : il s'est excusé de ne pas avoir été meilleur père et a promis d'essayer de faire mieux à l'avenir. Il m'a même dit qu'il m'aimait — c'est bien la première fois de ma vie qu'il raconte un truc pareil ! J'aurais juré du contraire, après toutes ces années... Franchement, je ne savais plus où me fourrer, je te jure.

— Je te crois. Oh, Trish, tu vas drôlement me manquer, après le week-end. Si seulement je pouvais être avec toi pendant la quinzaine de Wimbledon !

Rejetant la tête en arrière, Trish s'abandonna à un grand rire chaleureux et contagieux.

— Quinzaine ? réussit-elle enfin à articuler. Tu plaisantes, non ? Nigel chéri, je joue pas mal et j'ai bien l'intention d'améliorer considérablement mon jeu dans les deux ou trois ans qui viennent, mais ce sera une surprise si je passe le premier tour, et un miracle si j'arrive au troisième. Après quoi, on n'aura plus besoin de mes services. Et tes adorables parents m'ont déjà invitée à revenir. Alors, tu t'abstiens de courir après d'autres filles pendant au moins une semaine, d'accord ?

— Entre nous, confia Bob Ranger à son supérieur d'un ton solennel, je dois vous avouer que j'ai d'abord essayé Nigel.

D'un doigt quelque peu instable, il désigna l'intéressé, debout au bar, tout près, en pleine conversation avec l'agent Potter, Mr. Jessyp, le directeur de l'école du village, et Stan, le mari de Martha Bloomer. Potter était un peu impressionné par l'honneur qu'on lui avait fait en l'invitant à cette réunion de notables de Plummergen et, modeste de nature, il était réconforté par la présence de Stan Bloomer avec ses mains calleuses.

— Et pourquoi pas ? Très bien, ce jeune homme, fit Delphick qui était loin d'être aussi soûl que le marié mais suffisamment adouci par l'alcool pour être enclin à une vision charitable des choses.

Son regard croisa celui de Thrudd Banner, assis à leur table, et ils échangèrent un clin d'œil tandis que Bob se calait dans son siège et hochait la tête plusieurs fois de suite.

— Mais y pouvait pas. Doit aller à Trishtings avec Hash. Euh, à Hashtings avec Trish, expliqua-t-il en scrutant Delphick d'un œil anxieux. Pas vexché ?

— Pas le moins du monde. Ravi de vous rendre service. À votre disposition.

— Institutions ridicules, ces soirées où l'on enterre sa vie de garçon, vous ne croyez pas ? lança Thrudd. Je suis sûr que Bob aimerait bien mieux passer la soirée avec Anne qu'être là à fixer son verre d'un œil morne. Et, de toute façon, la moitié des hommes qui sont là ne sont pas célibataires. En principe, ce ne sont pas les potes célibataires du marié qui l'entourent pour dire au revoir à sa vie de garçon ?

— Parfaitement exact. Mais je suis marié, Potter aussi, Bloomer idem. Pas le directeur de l'école, je ne crois pas. Nigel est célibataire et vous aussi, à vrai dire.

Ayant promené un regard flou sur ses compagnons, Bob Ranger adressa un clin d'œil complice à Delphick :

— P'us pour longtemps, maintenant. D'après Missesse. Bientôt chon tour de passer à l'église.

— N'importe quoi, protesta aussitôt Thrudd.

— Et qui est l'heureuse élue, Thrudd ? Pas Mel, par hasard ? fit Delphick qui vit tout de suite à la tête de Thrudd qu'il avait mis dans le mille. Eh bien, ça alors, j'en reviens pas ! Félicitations !

CHAPITRE XX

Ce samedi matin-là fut bien rempli pour une large part de la population de Plummergen et tous les visiteurs de passage. Tous, sauf une anthropologue hollandaise et son ingénieur de mari qui faisaient du cyclotourisme pour leurs vacances et qui étaient descendus au *George and Dragon* la veille au soir. Parlant couramment l'anglais, comme tous les Hollandais évolués, ils avaient écouté avec fascination les bribes de conversation leur parvenant au bar et en avaient tiré de justes conclusions quant à l'état de l'immense jeune homme qui se trouvait au centre du comité de fêtards mal assortis mais tous de sexe masculin.

Le couple néerlandais s'était régalé du spectacle du groupe entier — y compris le monsieur plus âgé d'allure fort respectable — se livrant à l'exécution désordonnée mais pleine d'entrain de *Knees up, Mother Brown*, la fameuse chanson dansée des grandes beuveries. L'anthropologue s'était empressée de noter — pour l'analyser plus tard — une transcription phonétique des paroles incompréhensibles de ce qui ne pouvait être dans son estimation qu'une ode bucolique irrévérente, chantée par Stan Bloomer en l'occurrence. Elle s'était ensuite demandé, en néerlandais — tact oblige — mais à haute voix, à l'intention de son mari, si elle ne s'était pas trompée en consacrant des années à l'étude des us et coutumes des habitants de l'île de Lombok, en Indonésie, alors qu'il existe des rituels tout aussi fascinants qu'on peut observer bien plus près de chez soi.

Leur plaisir trouva son comble quand, plus tard, ils surprirent Thrudd Banner sortant de chez lui sur la pointe des pieds avec un luxe de précautions exagéré, pour rejoindre la chambre occupée — ils le savaient — par la jeune femme qu'ils avaient vue en arrivant et avec qui ils avaient échangé quelques mots. Ladite chambre jouxtant la leur, ils eurent également la preuve auditive que tous les Anglais ne sont pas aussi flegmatiques et peu démonstratifs qu'on le raconte.

Présentement, à huit heures quarante-cinq, ce samedi matin, il ne restait plus à nos Néerlandais, qui avaient réussi à engloutir la majeure partie du « petit déjeuner complet à l'anglaise » compris dans le prix de la nuit, qu'à décider s'ils resteraient au village pour assister au mariage ou s'ils suivraient leur programme et continueraient sur Douvres, où le mari, grand amateur de poésie, souhaitait passer un moment sur la plage, en hommage à Matthew Arnold[1].

Les autres clients du *George and Dragon* avaient davantage de préoccupations. Surtout Bob Ranger qui avait également dormi là, tout le monde s'étant accordé à penser que ça ne se fait pas pour de futurs époux de passer la nuit sous le même toit la veille du mariage, d'autant plus que ça porte malheur de se voir avant la cérémonie du grand jour. Il ne fallait pas qu'ils posent les yeux l'un sur l'autre avant le

1. Poète et critique anglais du XIXe siècle, auteur entre autres d'un célèbre poème sur les falaises de Douvres. (*N.d.T.*)

moment où le Dr Wright escorterait sa fille jusqu'à sa place aux côtés de Bob, à l'église.

Contemplant son reflet dans le miroir de sa chambre, Bob conclut qu'il n'était pas en si mauvaise forme que ça. Un tantinet fragile, peut-être, mais rien qu'un solide petit déjeuner ne saurait remettre d'aplomb. La bière et les whiskies pousse-bière avaient coulé à flots et ils s'étaient tous bien amusés, mais ces beuveries prénuptiales avaient été d'une sagesse exemplaire par rapport à d'autres auxquelles il avait participé, sans parler de certains soirs de victoire au rugby... L'agent Potter, en tant que représentant de l'ordre, avait de toute façon dû évacuer sa personne et celles de Nigel, Jessyp et Stan Bloomer à l'heure de la fermeture, mais les trois autres restés au pub auraient fort bien pu continuer à y boire sans enfreindre la loi.

Thrudd ne s'était cependant guère attardé après avoir vu Mel pointer le nez à la porte du bar en lui envoyant un baiser et, Banner parti, il était clair que l'Oracle était plus que mûr pour se coucher. N'empêche qu'il avait été drôlement sympa de jouer le jeu avec tout le monde. Qu'est-ce qu'on avait ri de ce pauvre vieux Potter qui avait failli avoir une attaque quand lui, l'humble flic de village, avait dû prendre les mains d'un commissaire divisionnaire de la police judiciaire et les tenir, bras entrecroisés, pour chanter *Auld Lang Syne* ! Il mettrait sans doute l'histoire à son répertoire pendant des années et il n'avait pas fini de raser le banc et l'arrière-banc avec ce récit. Bon, tout ça, c'était hier soir ; aujourd'hui, le grand jour était arrivé. Mariage à midi et demi. La réception dans la salle des banquets ici, au pub, devrait se terminer à quinze heures, au plus tard, et après ça, youpie !

À quelques mètres de là, dans une autre chambre, Delphick brossait les pans de son habit. Il l'avait soigneusement suspendu pour la nuit, ce qui avait défroissé les mauvais plis pris pendant le voyage, et il se dit qu'il réussirait sans doute l'inspection que lui ferait subir sa femme. Elle devait arriver un peu plus tard, avec les Brinton qui passeraient la prendre en voiture à la gare d'Ashford.

Drôle, non, la manière dont les choses s'arrangent parfois d'elles-mêmes, avait-il songé en se baignant et en se rasant. S'il avait été croyant, plutôt qu'agnostique, amoureux de la belle langue du *Book of Common Prayer* et de la Bible dans l'édition du roi Jacques, peut-être eût-il attribué le revirement de sir Wilfred Thumper à la divine Providence. Cependant, même en admettant — au bénéfice du doute — que Dieu emprunte des voies mystérieuses pour accomplir Ses miracles, il eût été exagéré d'attribuer au Tout-Puissant le mérite d'avoir choisi Mel Forby et Thrudd Banner comme agents dans ce petit épisode burlesque.

C'est vers la fin de la soirée destinée à enterrer la vie de garçon de Bob Ranger que Thrudd l'avait pris en aparté, marmonnant une histoire de cartes postales cochonnes à lui montrer, et qu'il avait sorti des bandes de contacts, qu'on avait découpées pour qu'elles aient à peu près les mêmes dimensions. Peut-être Thrudd avait-il simplement voulu pimenter un brin l'innocente gaieté de la fête en montrant les clichés que son objectif avait réussi à capturer : Bob, la bouche ouverte et l'air bête ; Miss Seeton, jetant les bras au ciel en un geste d'horreur polie ; l'image spectaculaire de l'immersion de Thumper dans le lac avec Harvey et le sauvetage opéré par ce dernier.

Indépendamment de l'intention de Banner, ces photos suscitèrent chez Delphick un sentiment proche de celui que dut éprouver Pythagore à l'instant où il découvrit la vérité sur l'hypoténuse d'un triangle rectangle. Ayant vu les clichés de Thumper, Delphick entreprit de tirer les vers du nez à un Nigel Colveden en état de gaieté avancé, en y mettant tout le doigté requis pour arracher des bonbons à un gamin. Oui, Mel et Thrudd étaient bien passés à Rytham Hall pour bavarder avec le vieux schnock, la veille du jour où lady T l'avait remmené à Londres.

C.Q.F.D., aurait dit Pythagore s'il avait su le français.

— Heureusement qu'on est passés chercher ton smoking à Londres, mardi, remarqua Mel en train de beurrer son dernier toast à la salle à manger. Je parie que tu n'aurais jamais imaginé devoir le remettre aujourd'hui. Gentil de la part des Wright de nous inviter à leur mariage au dernier moment.

— Je déteste les mariages, ronchonna Thrudd qui, de tous les participants à la soirée de la veille, avait le pire mal de tête. Pourquoi donc les gens se marient-ils ?

— Va savoir ! L'idée même du mariage me fiche la chair de poule.

Thrudd la regarda dans les yeux. Tiens, quelle superbe matinée, pensa-t-il soudain.

— Vraiment ?

— Oui, vraiment.

— Euh, d'après Bob, Miss Seeton a deviné — pour nous.

— Ça ne m'étonne pas. Elle a des rayons X dans les yeux. Bah, ça ne me gêne pas — si toi, ça ne t'ennuie pas. Je suppose que ça lui fait plutôt plaisir, mais j'espère bien qu'elle ne va pas s'imaginer que j'ai l'intention de t'épouser, Banner.

— Ah, tu n'en as pas l'intention ?

— Que nenni ! *Niet !* Alors, pas la peine de me le proposer.

— Ah, bon. Alors, je n'en ferai rien.

— Tu pourrais quand même avoir l'air un tantinet déçu, non ? Je suppose que ça peut être marrant de vivre un certain temps dans le péché mais je trouve que, globalement, on devrait s'entendre sur un droit de visite réciproque.

— Arthur, n'oublie pas le nouveau passeport d'Anne ! Tu n'en as la charge que jusqu'au mariage : tu dois le lui remettre dès qu'ils auront signé le registre. Mets-le dans la poche de ton surplis. Ce serait la catastrophe s'ils arrivaient sans, au ferry pour Calais.

— Merci, Molly. Ça m'était sorti de la tête, tu sais. Avec tout le va-et-vient de la police, la visite de l'archidiacre et le reste... Que ferais-je sans toi ?

Miss Teeves soupira et rajusta son chapeau :

— Le ciel seul le sait ! Enfin, tu n'as déjà plus à te soucier de l'archidiacre, en tout cas pas avant que la police ne restitue les objets en argent. Jamais je n'ai vu homme si heureux que lui quand il a appris ce que valait cette argenterie, sans compter le butin dérobé dans les deux autres églises ! Il va chercher à te persuader de vendre cette argenterie, tu verras. Mais je me chargerai de lui, au besoin, le moment venu.

— Eric, je préférerais *vraiment* que tu ne le fasses pas, pleurnichait Mrs. Blaine, tâchant de marcher aussi vite que son amie. Je comprends ce que tu éprouves...

— J'en doute fort. Sinon, tu verrais que cela s'impose que je fasse ma déclaration à l'église même, en présence des principaux coupables et des hommes qui se prétendent responsables, les officiers supérieurs de la police du Kent et de la capitale.

— Mais ce serait si *méchant* de tout gâcher pour Anne Wright. Ce n'est pas comme si c'était sa faute...

Miss Nuttel s'arrêta net, se retourna vers sa compagne et la figea sur place, d'un sourire assassin :

— Si elle choisit de s'allier à un homme qui est, semble-t-il, constamment à la botte de cette bonne femme, c'est son affaire.

Elles étaient pratiquement arrivées à l'église quand Mrs. Blaine, désespérée, joua sa dernière carte :

— On ne nous laissera pas entrer, Eric. Les invités doivent être déjà tous là et, regarde, voilà une grosse voiture de louage qui arrive. Ça doit être Anne et son père... *Jamais* on ne nous laissera entrer, maintenant...

— Oh, que si ! s'écria Miss Nuttel en s'approchant des portes ouvertes.

— Oh, que non, horrible femme que vous êtes ! tonna sir George Colveden qui leur barra la route, superbe dans son courroux.

Miss Nuttel même recula devant ce noble personnage en smoking impeccable, le regard fulgurant et la moustache vibrante d'indignation.

— C'est l'excitation, sir George, bégaya Mrs. Blaine.

— Calembredaines ! Vous n'êtes que de satanées nuisances, des créatures malfaisantes, toutes les deux ! Maintenant, filez, ou j'appelle l'agent Potter et je vous fais poursuivre pour trouble à l'ordre de Sa Majesté !

Rejetant la tête en arrière et levant les bras, Miss Nuttel hurla d'une voix de sorcière :

— Il n'y a pas de justice !

L'impressionnante vocalise produisit assez de décibels pour déranger les pigeons qui nichaient dans le clocher. Plusieurs s'envolèrent et l'un d'eux mit dans le mille : la crotte tomba droit dans l'œil de Miss Nuttel.

— Oh, quel *beau* mariage ! remarqua Miss Seeton en un soupir d'aise.

Il était un peu plus de cinq heures de l'après-midi à Rytham Hall où ses amis l'avaient entraînée après la réception pour prendre une tasse de thé et se détendre un peu, selon les termes de lady Colveden.

— Anne était radieuse et Bob avait fière allure dans son habit, vous ne trouvez pas ? poursuivit-elle. Et quelle jolie cravate de soie grise !...

— Tout à fait. Et nous y sommes allés de notre petite larme, n'est-ce pas, renchérit Meg Colveden. Je t'ai vu sortir ton mouchoir, toi aussi, quand ils échangeaient leur consentement, George, mon vieux chéri sentimental.

— Sornettes ! Une poussière dans l'œil. Delphick s'est bien acquitté de sa tâche, je trouve. Plus le petit discours spirituel à la réception. Court et sympathique. Et avec Brinton qui était là aussi, on peut dire que la police est venue en force.

— Et Nigel, mon cher ! Ces deux télégrammes qu'il a envoyés de Hastings avant de téléphoner pour indiquer à Mr. Delphick lequel lire à la réception.

— *Deux* télégrammes, lady Colveden ?

— Oui. Au cas où Trish aurait perdu son match. Il y en avait un qui exprimait juste leur affection et tous leurs vœux de bonheur.

— Quelle délicatesse de sa part ! Au lieu de l'autre télégramme qui disait...

— Voyons : « TRISH A GAGNÉ LA COUPE AUJOURD'HUI MAIS LES CHAMPIONS, C'EST VOUS. AVEC NOTRE AFFECTION ET TOUS NOS VŒUX DE BONHEUR, NIGEL. » Joliment tourné. Bon garçon, Nigel. Fier de lui, fit sir George.

Il se hâta de sortir son mouchoir de sa poche et de

se moucher énergiquement, avant de se racler la gorge :

— Pour changer de sujet, j'ai des nouvelles pour vous, Miss Seeton. Brinton me les a communiquées à la réception. Les poursuites intentées contre les trois hommes ont été annulées, à condition qu'ils fassent chacun cent heures de travail volontaire dans la communauté. Et cet autre bonhomme, votre fameux Tintoret : il a accepté de suivre — comment diable cela s'appelle-t-il, un de ces ridicules mots de jargon moderne — ... une psychothérapie ? C'est ça, je crois. Vous pensez que c'est ce qu'il lui faut, Miss Seeton ?

— Pas vraiment, mais ça ne lui fera pas de mal, pourvu qu'on lui permette de garder son travail.

— C'est réglé : ses employeurs sont d'accord.

— Parfait. Eh bien, j'irai le voir régulièrement et j'essaierai de persuader Trish de m'accompagner. Ça lui fera plaisir : sa propre fille lui manque tellement, voyez-vous.

Meg Colveden sourit.

— Encore une petite tasse de thé ?

— Comme c'est gentil ; oui, volontiers. Sir George, pardonnez ma curiosité, mais que s'est-il passé devant l'église juste avant l'arrivée de la mariée ?

— Ça ? Oh, juste les Cinglées dans leur petit numéro habituel. Je les ai fait décamper illico, à coups de pied au derrière. Si elles m'avaient donné du fil à retordre, je serais venu vous demander d'intervenir avec votre parapluie, mais le hasard a voulu qu'elles reçoivent un message du ciel qui les a fait procéder à une retraite stratégique, comme on disait à l'armée. Bref, elles ont filé à l'anglaise.

Si vous désirez être régulièrement tenu au courant de nos publications, merci de bien vouloir remplir ce questionnaire et nous le retourner :

Éditions 10/18
c/o 01 Consultants
35, rue du Sergent Bauchat
75012 Paris

NOM : ____________________

PRENOM : ____________________

ADRESSE : ____________________

____

CODE POSTAL : ____________________

VILLE : ____________________

PAYS : ____________________

AGE : ____________________

PROFESSION : ____________________

TITRE de l'ouvrage dans lequel est insérée cette page :

Miss Seeton prend l'avantage, n° 2989
____

IMPRIMÉ EN FRANCE PAR BRODARD ET TAUPIN
6504U-5 - Usine de La Flèche, le 28-08-1998
N° d'édition : 2931
Dépôt légal : septembre 1998
Imprimé en France

